Heiliges Feuer

1. Niederrheinkrimi

von Ursula Fuchs

Ursula Fuchs

Heiliges Feuer

Niederrheinkrimi

Bibliografische Information der Deutschen Nationalbibliothek:
Die Deutsche Nationalbibliothek verzeichnet diese Publikation in der Deutschen Nationalbibliografie; detaillierte bibliografische Daten sind im Internet über
http://dnb.dnb.de abrufbar.

© 2010 Ursula Fuchs

Titelbild: Ingrid Fuchs, © 2021
Zeichnungen: Ingrid Fuchs, © 2020

Herstellung und Verlag: BoD – Books on Demand, Norderstedt

ISBN: 978-3-7534-0687-9

Des Einen Freud',
Des Andren Leid,
Schaut an die Welt
Und geht befreit.

Danke, Mama, für die
wunderschönen Bilder.

Wichtige Personen

ANDREA JANSEN
kommt aus Frankfurt am Main und will Jura studieren. Für ein vorbereitendes Praktikum vermittelt ihr Vater sie zu Hofmeister in die Gemeinde Niederheid am Niederrhein. Sie will nach dem Jurastudium in die Kanzlei ihres Vaters einsteigen.

FERDINAND UND YASMIN HOFMEISTER
Der Schlichter und Notar, bei dem Andrea ihr Praktikum macht. Er ist anerkannt und geachtet. Seine Frau engagiert sich stark in der Gemeinde.

NICK WILMS
Polizeioberkommissar der Gemeinde.

MARION GUSTAFS
Polizeikommissarin der Gemeinde, die sich auf Anhieb gut mit Andrea versteht.

HERR HEINRICH
Beamter des LKA, der zur Lösung des Mordfalls in die Gemeinde geschickt wurde. Er hofft, mit der Aufklärung des Falls seiner Karriere einen Schub zu geben.

ANNA REI
Andreas beste Freundin seit der Kindheit. BKA-Beamtin, die Andrea ab und zu mit Informationen zu polizeilichen Ermittlungen aushilft.

SAMIRA
Graue Tigerkatze, die Andrea jeden Abend besuchen kommt.

FABIAN
Andreas Freund, Anwalt für Wirtschaftsrecht, Teilhaber der Kanzlei von Andreas Vater.

JO UND EVA-MARIA PETERS
Ein junges Ehepaar mit einem neuen, modernen Bauernhof. Andrea freundet sich mit ihnen an und hilft am Wochenende im Stall.

WERNER UND HANNE BAUER
Alte Leute, die fleißig ihren alten Hof bewirtschaften.

EHEPAAR LEUTER
Ein kleines, altes Ehepaar, das als Klatschpresse des Dorfes fungiert. Sie wissen alles über jeden (und mehr).

JAN MEYER
Großgemeindevorsitzender der Umweltbewegung ‚Grüne Engel' und Lebensgefährte der Ermordeten.

ARMINE DENSEN
Andreas Nachbarin und die beste Freundin der Ermordeten.

SWANTJE TWANSTEDT
Bäckerin im Dorf. Sie war mit der Ermordeten befreundet.

DIETER VANDERSEN
Inhaber eines Schweine-Produktionsbetrieb am Rande der Stadt. Armine Densen arbeitet für ihn.

Kapitel eins

Andrea seufzte, drehte den Autoschlüssel in der Zündung, wartete einen Moment und startete ihren alten, roten Opel. Aber außer einem Röcheln tat sich nichts. Sie fluchte, besann sich darauf, dass das Auto sie hören könnte und schmeichelte ihm. Es tat sich dennoch nichts. „Scheiße!" schimpfte die junge Frau.

„Komm schon! Es sind nur noch fünf Kilometer", bettelte sie und drehte den Schlüssel erneut. Nichts. Und jetzt? Anrufen? Aber wen? Sie kannte hier niemanden. Ein neuer Job am Ende der Welt... ‚Nein', dachte sie grimmig: ‚Hinterm Ende der Welt!' Ein unzuverlässiger Wagen, Regen und Wind... und kein Handynetz...

„Nein, das kann doch nicht sein!" jammerte sie leise vor sich hin. Sie stieg trotz des Regens aus und lief über die Straße, das Handy vor sich in die Luft gestreckt: „Komm schon! Wenigstens ein ganz bisschen Netz!" Aber ihre Bitten wurden nicht erhört. Sollte sie warten, bis jemand vorbeikam? Sie hatte seit einer halben Stunde niemanden mehr gesehen. Es war ein trüber Sonntagnachmittag: niemand würde heute mehr einen Fuß vor die Türe setzen. Sie setzte sich wieder ins Auto und versuchte erneut zu starten. Natürlich tat sich nichts. „Scheiß-Karre!" Sie schlug wütend auf das Lenkrad.

Ein halbe Stunde saß Andrea im Auto und diskutierte die Möglichkeiten, die sie hatte und ihre Vor- und Nachteile: aussteigen, laufen, nass werden? Nicht aussteigen, nicht laufen, nicht nass werden? Das klang besser. Im Auto schlafen? Nein, das wollte sie nicht. Also musste sie laufen. In der Pension im nächsten Ort gab es sicher ein schönes, warmes Bett, etwas Warmes zu essen, eine Dusche, vielleicht sogar eine Badewanne. Das überzeugte sie. Sie nahm ihre Handtasche, ihren kleinsten Trolly und stieg aus.

Nach fünfzig Metern fluchte sie schon. Aber die Aussicht auf eine heiße Badewanne lockte sie vorwärts. Andrea war eine junge, schlanke Frau, die nur dann Sport betrieb, wenn es von ihr erwartet wurde. Wenn zum Beispiel ihre Freundinnen der Meinung waren, etwas für Körper und Gesundheit tun zu müssen und Andrea keine Ausrede fand. Oft überlegte Andrea, dass es eigentlich nicht schlecht wäre, ein paar Muskeln aufzubauen. Sie fand sich zu dünn. Aber immer wieder entschied sie sich für die angenehmere Variante des Dickerwerdens: mehr essen. Von Mamas Hackbraten, Omas Kalbsragout, Papis Hackfleischsauce über den Nudeln, dem Mandelpudding ihrer Schwester und – nicht zu toppen – dem Rinderfilet mit Champignon-Sahne-Sauce und Rotwein-Kartoffeln ihres Mannes... ‚Freundes' verbesserte sie in Gedanken. Verheiratet waren sie nicht. Aber da sie sicher bald heiraten würden, sprach sie schon von ‚Mann', wenn sie von Fabian sprach. Fabian... Er fehlte ihr. ‚Er war ein Idiot!' verbesserte sie sich grimmig: ‚ein riesiger Idiot! Wie ihr Vater!' Die beiden waren Schuld daran, dass sie auf dieser Straße im Nirgendwo, zwischen hohen Bäumen, im strömenden Regen und mit undichter Regenjacke umherlief. Es begann zu dämmern.

Andreas blondes Haar klebte an ihrem Gesicht. Wassertropfen bahnten sich den Weg vom Kopf in ihre Augen oder den Nacken hinab auf den Rücken. Der Stoff ihrer Bluse klebte an der Haut, die Regenjacke hatte versagt. Andrea hielt Ausschau nach dem Dorf Niederheid, in dem sie ihre Praktikantenstelle antreten sollte. Sie erwartete schon längere Zeit das Ortseingangsschild zu entdecken. Langsam regten sich Zweifel ihn ihr: war sie auf der Straße, auf der sie dachte zu sein? Die Straßenkarte hatte sie natürlich im Auto gelassen. Aber bei diesem Regen hätte sie ihr sowieso nichts genutzt. ‚Tock tock tock tock' hörte sie weit entfernt. Sie sah sich um, sah aber nur Bäume und Asphalt. ‚Tock tock tock'. Es kam näher. Aber was war es? Es war nicht schnell. Andrea ging weiter, drehte sich aber immer wieder nach dem Geräusch um.

Es klang nach einer Maschine, einem Motor. Aber welcher Motor machte solche Geräusche? Sie blieb stehen und sah in die Richtung, aus der das Geräusch kam. Langsam drang Licht, ein sehr schwaches Licht, um die letzte Biegung der Straße und das ‚Tock tock tock' wurde lauter. Sie ging ihm entgegen.

Jedes metallische Teil an dem Gefährt sah gusseisern aus und wahrscheinlich war es das auch. Andrea bekam Mitgefühl für den Motor, der dieses Gewicht vorwärts treiben musste. Der Mann hinter dem Lenkrad des schlepperähnlichen Gefährts schien der gleichen Zeit entsprungen zu sein wie sein Fahrzeug. Aber im Gegensatz zu dem tatenlustigen, geschäftigen ‚Tock tock tock' der Maschine, machte der Mann ein griesgrämiges, missmutiges Gesicht. Andrea blieb stehen. ‚Lanz' las sie die roten Buchstaben auf dem Kühler. Der missmutige Mann sah sie nicht an. Er sah stur vor sich auf die Straße und lenkte die langsame, laute Maschine. Nicht mit einem Hinweis ließ er Andrea merken, ob er sie gesehen hatte. Andrea würde ihn auf keinen Fall kommentarlos vorbeifahren lassen. Das Regenwasser lief ihr über das Gesicht und tropfte in die Augen. Sie war mittlerweile nass bis auf die Haut.

Schimpfend, schnaufend und stöhnend machte das Gespann aus Arbeitsmaschine und missmutigem Fahrer neben ihr halt. Der Lärm war so laut, dass Andrea die Ohren schmerzten. Als sie ‚Bulldog' seitlich auf dem Motor las, musste sie lächeln: genau so musste dieses Fahrzeug heißen.

„Wo willse, Mätsche?" brummte der Mann unfreundlich. „He is doch nix." Das große, runde und vom Wetter gezeichnete Gesicht des Mannes verriet keine Gefühle.

‚Freundlich sein' entschied Andrea sich und erklärte: „Guten Abend. Ich heiße Andrea Jansen. Ich fange morgen bei Schlichter Ferdinand Hofmeister ein Praktikum an. Mein Auto ist leider kaputt und..."

„Red nich so viel! Komm he! Komms mit bei uns!" Missmutig riss er Andrea am Arm hoch und verfrachtete sie mitsamt ihres roten Trollies auf die Radverkleidung. Nicht wissend wie ihr geschah, konnte Andrea sich nur noch schnell an Irgendetwas festkrallen, bevor der rüpelhafte Fahrer wieder Gas gab.

Das ‚Tock tock tock' der Maschine tat in den Ohren weh. Erst war ihr die Maschine sympathisch gewesen: sie kämpfte sich genauso wie sie gegen den Regen ab. Aber jetzt schien ihr dieses Fahrzeug doch sehr menschenfeindlich und so unfreundlich zu sein wie sein Fahrer. Der saß auf dem Metallsitz und starrte noch missmutiger und unfreundlicher als zuvor auf die Straße vor ihm. Die Farbe seines Gesichts sprach von Bluthochdruck und Alkohol. Der Schein der Funzeln, die als Scheinwerfer verkleidet waren, erhellten kaum die nächsten fünf

Meter Straße. Um sie versank alles in Dunkelheit, kalte, nasse, unfreundliche Dunkelheit.

Als Andrea sich an das rhythmische Klopfen des einen Zylinders gewöhnt hatte, begann ihr Gehirn zu arbeiten: ‚Konnte sie dem Mann trauen?', ‚Wo fuhren sie hin?', ‚Wer ist ‚os'?', War sie wirklich so dumm gewesen, sich von einem unbekannten Mann auf einen Trecker hieven zu lassen und mit ihm in die stockfinstere Nacht zu fahren? Eine Hand im Straßengraben! Andrea schrie auf. Fahrer und Gefährt machten erschreckt einen Satz und Andrea hatte das Gefühl, beide sähen sie äußerst missbilligend an.

„Eine Hand… Da war eine Hand… Im Graben…"

„Bis joa beklopp!" tadelte der Fahrer sie und ignorierte sie wieder.

Sie hatte eine Hand gesehen! Nur ganz kurz, aber sie war sich sicher. Ihre Fahrt wurde langsamer. Sie bogen in eine Hofeinfahrt ab. So nah bei der Hand im Graben? Was, wenn…

„Jeh da rinn!" befahl der Mann und riss Andrea vom Trecker auf den aufgeweichten Boden. Mit zitternden Gliedern, aber unfähig, sich dem Befehl zu widersetzen, stolperte Andrea den gepflasterten Weg entlang und öffnete die Türe eines alten Hauses. Das ‚Tock tock tock' erstarb. Eine niederdrückende Stille legte sich über den Ort und machte ihr noch mehr Angst, als das ohrenbetäubende Geräusch, an das sie sich gewöhnt hatte.

Sie tastete sich einen kalten, dunklen Flur entlang, der so roch, wie die alte Holzkiste ihrer Oma: Mottenkugeln, feuchter, alter Stoff und feuchtes, altes Holz.

„Werner?" rief eine sonore, weibliche Stimme. Die beiden ‚e's im Namen wurden sehr gedehnt.

„Werner!?" rief die Frau ärgerlicher, weil sie keine Antwort bekam. Dann wurde eine Tür aufgerissen und warmes Licht fiel auf die tropfende Andrea. Die kleine hagere Frau, die nach ‚Werner' gerufen hatte, erschrak, rief dann aber laut aus: „Kind! Owiije! Komm rinn, komm rinn! Bis joa klätschnaat! Na, komm, komm!" Wie eine aufgeschreckte Glucke hüpfte die erst so unbewegliche Frau um Andrea herum, die kaum verstand, wie ihr geschah. Die Frau trieb sie durch den dunklen, kalten Flur in ein Badezimmer. Sie redete ununterbrochen, aber Andrea verstand sie kaum. Aufgeregt erklärte die Frau Andrea die Armaturen über der Badewanne, überhäufte sie mit Badetüchern und rannte wieder aus dem Bad. Die Frau kam wieder, legte ein Stück Kernseife auf den Handtuchstapel in Andreas Händen und verschwand wieder.

Andrea blieb wie versteinert stehen und versuchte zu verstehen, was geschehen war. „Kanns dusche. Mein Mann kommt nich. Jeh dusche, Kind, jeh schonn!" Das meiste verstand Andrea nur, weil die Frau sehr stark gestikulierte. Als die

Frau das Badezimmer wieder verlassen hatte, legte Andrea die Handtücher weg und zog sich aus.

„Dein Zeuch, Kind! He, dein Zeuch. Jeh dusche, los!" Die Frau schob Andreas roten Trolly ins Badezimmer und verließ es dann wieder.

Als Andrea unter dem warmen Wasser stand und über ihre Situation nachdachte, musste sie lachen: sie hatte Angst vor zwei ganz lieben, selbstlos-fürsorglichen Menschen gehabt. Nach der Dusche klopfte sie warm, trocken und fröhlich an die Tür, hinter der sie Stimmen hörte. Sie wurde von der kleinen, sehnigen Frau besorgt und überfürsorglich empfangen. Der Mann, der wohl Werner hieß, saß am Esstisch und löffelte den köstlich duftenden Eintopf. Ein Teller stand schon für Andrea bereit und wurde gefüllt, noch bevor sie saß.

„Frau Jansen, ich frage Sie nochmals: um welche Uhrzeit fanden Sie die Leiche?"

Genervt sah Andrea den arroganten, drahtigen LKA-Beamten an und wiederholte geduldig: „Gestern Abend, gegen 21 Uhr, habe ich im Scheinwerferlicht diese Hand gesehen. Aber weil es so geregnet hat und auch schon dunkel war, war ich mir nicht sicher. Es hätte ja auch ein Zweig gewesen sein können. Heute Morgen wollte ich dann sicher gehen und bin hierher gelaufen. Ich habe auf dem Bauernhof der Eheleute Bauer, hier um die Ecke, übernachtet, weil mein Auto kaputt gegangen ist."

„Aber wieso haben Sie den Leichenfund nicht bereits gestern der Polizei gemeldet? Haben Sie etwas zu verbergen?"

Nun reichte es Andrea: so durfte der Westernheldverschnitt nicht mit ihr reden. „Ich weiß nicht mal, wer tot ist! Ich komme nicht aus der Gegend! Ich mache hier ein Praktikum und soll heute anfangen..."

„Frau Jansen! Sie verstehen das nicht: beim Auffinden der Leiche vor dem Regen hätten unsere Experten die möglichen Spuren vor dem Regen schützen können. So hätten wir vielleicht Hinweise auf den... auf die Todesursache finden können."

Andrea kochte: sie hasste es, wie eine dämliche Gans behandelt zu werden: „Lieber Herr Heinrich – Nein! Jetzt hören Sie mir mal endlich zu! Hinweise auf die Todes'ursache' finden die 'Gerichtsmediziner' an der Leiche! Ihre 'Experten' – allgemein auch 'Spurensicherung' genannt – suchen Hinweise auf einen 'Mörder'! Verkaufen Sie mich nicht für blöd! – Nein, ich bin noch nicht fertig! Als ich gestern die Hand gesehen habe, hat es bereits seit einer Stunde in Strömen geregnet. Da hätte selbst die beste KTU nichts mehr gefunden! Gucken Sie nicht so erstaunt..." – beinahe hätte sie 'Lackaffe' gesagt – „Ich weiß sogar, was KTU heißt."

Herr Heinrich war fertig mit ihr. Er bat sie noch steif, ihn darüber zu informieren, wenn sie die Gegend wieder verlassen sollte und entließ sie dann.

Mit dem Taxi fuhr Andrea zu ihrem neuen Praktikumsplatz. Sie würde zwei Stunden zu spät kommen und hoffte, dass ihr Chef dafür Verständnis hatte. Während der Befragung des fiesen LKA-Beamten hatte Andrea sich mehrmals fast verplappert und erwähnt, dass sie sich die Leiche angesehen hatte, als sie auf die Polizei wartete. Ihr waren die grün lackierten Fingernägel aufgefallen. Die Frau war vielleicht Mitte vierzig gewesen, blond und hübsch. Kein Ring am Finger, aber einen Fleck am Hals, der fast wie ein Knutschfleck aussah. Er war etwas dunkler. Hände und Gesicht waren seltsam verzerrt, verkrampft, die Augen weit aufgerissen. So wie sie im Graben lag, hatte es ausgesehen, als wäre sie betrunken hineingefallen und nicht wieder herausgekommen. Sie hatte erbrochen. Etwas vom Erbrochenen klebte noch am Mund, den Rest hatte der Regen weggespült. Sie war im Graben gestorben. Aber warum? Woran? Andrea musste sehen, wie sie an den Obduktionsbericht kam. Zuhause wäre so was kein Problem gewesen: ihr Onkel war Staatsanwalt.

„Sie hatte Schmerzen!"

Herr und Frau Hofmeister sahen Andrea erstaunt, dann besorgt an. Herr Hofmeister schüttelte den Kopf: „So ein unsensibler Mensch, der Herr..."

„Heinrich", half seine Frau.

Andrea und das Ehepaar Hofmeister saßen am Tisch im Haus des Schlichters, redeten, tranken Kaffee und aßen Weißbrot mit Marmelade. Frau Hofmeister hielt es für die beste Therapie gegen den Fund einer Leiche am ersten Arbeitstag.

Herr Hofmeister nickte: „Ja. Aber leider kann ich da nichts machen."

Er erklärte wieder, dass er lediglich Schlichter und Notar sei und keinen Einfluss auf die Polizei und deren ‚Verhörmethoden' nehmen könnte. Aber Andrea hörte nur halb zu. Die Leiche hatte sie nicht so sehr erschreckt, wie es ihr neuer Chef glaubte. Sie rätselte über die Todesursache. Vielleicht war es einfach eine Alkohol- oder Drogenvergiftung? Andrea gingen die Hände nicht mehr aus dem Kopf. Aber warum? Andrea betrachtete ihre eigenen Hände. ‚Die Farbe!' sagte sie beinahe wieder laut. Die Frau im Straßengraben hatte bläuliche Hände gehabt, als wäre ihr kalt gewesen. Es war in der Nacht nicht kalt gewesen, fünfzehn bis siebzehn Grad. Aber wenn die Frau so durchnässt gewesen wäre, wie Andrea am Vorabend? Bekam man schon bei fünfzehn Grad blaue Finger?

Andrea hatte den Rest ihres ersten Arbeitstages frei. Sie hatte nicht darum gebeten, aber es war ihr ganz recht. So konnte sie ihre Einliegerwohnung beziehen und einkaufen. Die nette, kleine Wohnung war mit hellen, gemütlichen Holzmöbeln eingerichtet. Von einem kleinen Flur kam man links in die hübsche Küche und geradeaus in ein großes

Wohnzimmer. Nach rechts setzte sich der Flur fort. Eine Türe führte ins geräumige Badezimmer und geradeaus endete der Flur vor der Schlafzimmertüre. Als Andrea ihre Sachen verstaut hatte, rief sie Anna an. Anna war ihre beste Freundin seit Kindertagen. Andrea erzählte ihr alles, angefangen bei ihrem kaputten Auto über den brummeligen Bauern bis hin zum Leichenfund und über den widerlichen LKA-Beamten.

Anna, die lieber ausführende als ‚redende' Kraft war, also lieber BKA-Beamtin als Juristin, stellte trocken fest: „Du willst den Obduktionsbericht."

„Ja, na ja. Ich wüsste schon gerne, woran die Frau gestorben ist... Aber..."

„Kannst du deinen Onkel nicht fragen?"

„Der ist für hier nicht zuständig. Aber hier gibt es bestimmt einen Dorfsheriff oder so was. Vielleicht bekomme ich über den was raus."

„Ich kann mich auch mal ‚umhören'", bot Anna an.

„Nein! Ich will nicht, dass du Ärger bekommst. Und du bist doch auch nicht hier zuständig..."

„Ich bin BKA, Kleine! Ich bin überall zuständig!"

Andrea grinste: in manchen Fällen hatte ihre Freundin sich eine erstaunliche, aber aufgesetzte Überheblichkeit angeeignet.

„Wenn du mir den Namen der Toten sagst, schicke ich dir den Obduktionsbericht. Ich muss Schluss machen: irgendsoein Halbintelligenter macht hier Ärger. Halt die Ohren steif! Kann ich dich unter der Nummer erreichen?"

„Ja, das ist meine private Nummer hier."

„Gut, bis später."

„Guten Morgen Frau Jansen. Kommen Sie rein", begrüßte die Frau ihres Chefs Andrea am nächsten Morgen. Sie war eine hochgewachsene, schlanke und ruhige Frau. Ihr weißes Haar hatte sie – wie am Vortag – zu einem langen, dicken Zopf geflochten.

„Kommen Sie, Frau Jansen. Mein Mann kommt auch gleich und dann wollen wir erst mal frühstücken. Was für ein schrecklicher Tag das gestern für Sie war. Aber Ihr Auto fährt wieder?" Die Frau sprach langsam und sehr deutlich, aber mit so viel Autorität, dass niemand sie unterbrechen würde.

„Ja, mein Auto fährt wieder. Vielen Dank, dass Sie sich darum gekümmert haben!"

„Nein, kein Problem! Das ist doch selbstverständlich! Setzen Sie sich. Ohne ein gutes Frühstück kann man den Tag nicht beginnen."

Während des Frühstücks erfuhr Andrea, dass sie jeden Morgen in der Woche zum Frühstück erwartet wurde. Erst danach würde die Arbeit beginnen. Herr Hofmeister erzählte in seiner ruhigen und besonnen Art von seiner Arbeit und seiner Bekanntschaft mit Andreas Vater. Auch er hatte weißes Haar. Er war groß und kräftig und hatte durchdringende blaue Augen. Gegen Ende des

Frühstücks kam das Gespräch auf die Tote. Andrea hatte sich nicht getraut, nach ihr zu fragen, brannte aber auf Neuigkeiten über die tote Frau im Straßengraben. Viel Neues erfuhr sie nicht, nur endlich ihren Namen: Antonia Wiedmann.

Anna hatte Andrea den vorläufigen Obduktionsbericht der toten Antonia Wiedmann geschickt. ‚Lysergsäurediethylamid'. Das würde Andrea zu Hause im Internet nachgucken. Sie hatte Mittagspause. Sie ging, wie jeden Tag seit Beginn des Praktikums zur einzigen Bäckerei des kleinen Ortes Niederheid und kaufte sich dort ein belegtes Brötchen und etwas Süßes. Die Frau hinter dem Tresen war ihr erster und bisher einziger sozialer Kontakt in der Kleinstadt. Sie war etwa zehn bis zwölf Jahre älter als Andrea, also Anfang vierzig und eine fleißige und freundliche Frau. Ihr gehörte die Bäckerei.

„Frau Jansen, guten Tag! Wie geht es Ihnen?" begrüßte die Bäckerin Andrea freundlich.

„Gut, danke. Und Ihnen?"

„Sie wissen doch: wenn es Ihnen gut geht, geht es mir gut. Was darf es heute sein, Frau Jansen?"

Andrea bestellte und entschied sich, an einem der kleinen Tische in einer Nische der Bäckerei zu essen und den Obduktionsbericht zu lesen. ‚Durchblutungsstörungen der äußeren Extremitäten.' Das war eine Erklärung für die bläulichen

Hände, fiel Andrea auf. Sie las weiter: ‚keine äußeren Verletzungen, keine äußere Gewalteinwirkung'. Mehrere schwarze Flecke, von denen Andrea gedacht hatte, es wären Knutschflecke, hatte der Gerichtsmediziner am ganzen Körper dokumentiert. Die Tote hatte etwas Alkohol im Blut, aber nicht genug, um den Tod zu erklären. Außerdem hatte sie etwas Gebäck im Magen, das sie am frühen Nachmittag gegessen haben musste. Das Vorhandensein von Derivaten von Lysergsäurediethylamid und bisher nicht identifizierten Stoffen weckten Andreas Interesse. Doch sie musste auf den toxikologischen Befund warten, der Einzelheiten erläutern würde. Der Tod war durch Herzstillstand am frühen Abend eingetreten.

Nach einer Weile setzte die Bäckerin sich zu Andrea und fragte sie nach der Arbeit.

„Vermisste Kälber, zerstörerische Rinder und freche Schweine", seufzte Andrea.

„Ach ja, heute war noch was Besonderes: jemand unterstellt seinem Nachbarn, die Katze in einen Hinterhalt gelockt und erschossen zu haben." Seit vier Tagen sortierte Andrea die eingehenden Beschwerden der umliegenden Gemeinden. Sie hatte nicht gedacht, dass ihr Job spannend werden würde. Aber etwas mehr Abwechslung hatte sie schon erwartet. Und sie hatte erwartet, dass Herr Hofmeister hauptsächlich als Notar arbeitete. Doch wesentlich häufiger waren bisher seine Fähigkeiten als Schlichter gefragt gewesen.

Frau Twanstedt, die Bäckerin, lachte: „Ja, soviel Schlimmes passiert hier nicht. Deshalb bin ich ja hergezogen."

Andrea grinste: „Als ich hier angekommen bin, gab es direkt eine Leiche." Seit dem Fund der Leiche wurde im ganzen Dorf über nichts anderes gesprochen. Andrea wusste das, war aber nie an den Gesprächen beteiligt.

„Sie war eine liebe Freundin", dachte Frau Twanstedt laut.

„Sie kannten sich? Sie waren befreundet?" fragte Andrea überrascht.

Die Bäckermeisterin sah traurig aus. „Ja, natürlich. Hier kennt jeder jeden und Antonia war mit allen gut bekannt. Freunde... na ja das ist vielleicht zu viel gesagt. Aber wir kannten uns gut."

„Und... kann sich jemand erklären, warum sie gestorben ist? Oder wie?"

Frau Twanstedt schüttelte traurig den Kopf: „Nein, niemand."

„Lysergsäurediethylamid", las Andrea sich selbst laut vor: „LSD. Die tote Frau hatte LSD im Blut. – Das hab ich ihr nicht zugetraut! – Also doch nur `ne Überdosis..." Ein Geräusch am Fenster ließ sie erschreckt aufsehen. Es war schon dunkel und sie hatte vergessen, die Jalousien zu schließen. Andrea spähte in die dunkle Nacht hinaus, sah aber nichts. Wahrscheinlich war ein großer Nachtfalter gegen das hellerleuchtete Fenster geprallt. Sie schloss die Jalousien der Erdgeschosswohnung und rief Anna an: „Anna, die Frau hatte LSD im Blut."

„Ja, ich weiß, ich hab's gelesen."

„Aber davon stirbt man doch nicht, oder? Was sind das denn für andere Stoffe, die sie im Blut hat?"

„Andrea! Woher soll ich das denn wissen? Ich weiß so viel wie du. Ich habe nur den Bericht, den ich dir auch geschickt habe."

„Mmh... Sie sah nicht so aus, als würde sie LSD nehmen", überlegte Andrea laut. „Sie sah eher sehr... sehr ,brav' aus..."

„Du guckst den Menschen immer nur vor den Kopf, Kleine. Aber ich habe eben mal nachgeguckt: bei dir da in der Ecke sind uns keine LSD-Funde bekannt – bisher."

„Hat Fabian sich gemeldet?" wollte Anna Sonntagmorgen von Andrea wissen. Widerwillig schüttelte Andrea den Kopf, sagte aber nichts. Anna kannte ihre Freundin zu gut, um keine Antwort nicht zu verstehen. „Warum rufst du ihn nicht an?"

„Der ist schuld, dass ich in diesem Kaff sitze", giftete Andrea.

Anna seufzte und wechselte das Thema: „Was machst du heute? Dein erster freier Tag in der Provinz."

„Ach, Anna... Willst du mich nicht besuchen kommen? Was soll ich denn hier machen? Ich weiß nicht, was man in so einem Kaff macht, wenn man nicht arbeitet."

Anna verstand ihre Freundin und sie tat ihr leid. Sie selbst hätte mit ihrem Freund Schluss gemacht und ihren Vater aus ihrem Gedächtnis verbannt, wenn die sie in so ein Dorf geschickt hätten. Sie verstand nicht, was Fabian und Andreas Vater damit bezweckten. „Kleine, ich kann nicht kommen", bedauerte Anna.

„Ja, ich weiß", seufzte Andrea und fügte hinzu: „Grüß deine Süße von mir und macht euch einen schönen Tag, ja? Ich... Mir fällt schon irgendwas ein..."

„Ich ruf dich wieder an! Versprochen! Halt die Ohren steif!"

Andrea lief schon seit zwei Stunden durch die Felder um das Dorf herum. Sie kam an Getreide- und Kartoffelfeldern vorbei, lief durch kleine Wäldchen, an Pappel-gesäumten Wassergräben entlang und an Weiden mit schwarz-weißen Kühen vorbei. Es war ein trüber, aber trockener Spätsommertag. Seit sie losgegangen war, war sie niemandem begegnet. Das viele Grün der Landschaft faszinierte sie, wie die Einsamkeit und die Ruhe: das war sie von der Stadt überhaupt nicht gewöhnt.

„Hey! Komm da raus! Das glaub ich ja nicht!" Eine rüde Stimme übertönte die Geräusche des riesigen grünen Schleppers mit Sämaschine dahinter. Ein großer Mann stieg schimpfend aus der

Fahrerkabine. Er schrie Andrea an, wild mit den Armen fuchtelnd und hochrot im Gesicht. Andrea stand in der Fahrspur in einem Getreidefeld und starrte entsetzt vor sich auf den Boden. Sie bemerkte den muskelbepackten Mann kaum, der wütend zu ihr stürmte. „Hey!" schrie der Mann noch mal laut.

Andrea sah erschreckt auf.

„Hey, komm da raus! Mann, wie bin ich euch Umweltgurus leid! Keine einzige Probe von meinem Weizen bekommt ihr für euer Feld-Wald-Wiesen-Labor! Raus aus meinem Feld, oder ich... – Was haben Sie? Was ist los?" Der Mann war so nah zu Andrea gestürmt, dass er ihr entsetztes Gesicht sah.

„Haben... haben Sie ein Gewehr?" stotterte Andrea.

Der Mann trat neben sie und sah das verwundete Reh zu ihren Füssen. Das laute Röcheln des Tieres hatte Andrea vom Feldweg ab ins Feld gelockt. „Mistkerle!" knurrte der große Mann sauer. Er stapfte aufgebracht durch das Getreide zu seinem Schlepper zurück.

„Kommen Sie. Meine Frau macht Ihnen einen Kaffee. Dann geht es Ihnen wieder besser", brummte der Mann. Er führte Andrea zum Schlepper und drängte sie einzusteigen. Wieso drängten sie in letzter Zeit so viele Männer, in deren Trecker einzusteigen? Das tote Reh wickelte er in ein Tuch. Andrea sah nicht, wohin er das Tier legte, bevor er selbst einstieg und sie mit dem riesigen Gefährt losfuhren.

„Wilderer", murmelte der Mann finster. „Immer wieder werden hier Tiere angeschossen. Weil die Mistkerle im Dunkeln nicht sehen, wohin sie schießen, lassen die die armen Tiere einfach liegen und armselig krepieren... Eine Sauerei ist das! Und die Polizei hat zu wenig Leute, um effektiv dagegen vorzugehen."

„Ist das Ihr Jagdrevier?"

„Mmh? Nein. Nein, hier nicht mehr. Meine Pacht ist weiter südlich. Aber wir Jagdpächter verstehen uns untereinander ganz gut. Ich ruf den Meyer, Hubert gleich einfach an..." Der Mann brach ab und musterte Andrea unverhohlen. „Sie kommen nicht von hier. Ich habe Sie noch nie gesehen", stellte er dann fest.

„Ich bin erst seit einer Woche hier. Ich mache ein Praktikum bei Notar Hofmeister. Andrea Jansen. Danke, dass Sie..." Andrea brach ab: es fühlte sich falsch an, dem Mann dafür zu danken, dass er das Reh getötet hatte.

„Mmh, ich weiß schon... Armes Tier... Na ja... – Dann sage ich mal: Willkommen in unserer wunderschönen Ecke der Welt, Andrea! Ich heiße Joachim Peters", er gab Andrea die Hand.

Andrea lächelte: „Danke!"

„Bei Hofmeister arbeiten Sie? Mmh... Ein sehr anständiger Mann!"

„Maria!" brüllte Joachim quer über den modernen, sauberen Hof. Den Schlepper samt Sämaschine hatte er zuvor ordentlich unter einem Vordach neben der Scheune abgestellt.

„Ja!" brüllte eine Frau im gleichen Ton aus irgendeiner Ecke des großen Hofes zurück.

„Mach mal Kaffee!" brüllte Joachim wieder.

Er ging in die Richtung, aus der die Frauenstimme kam. Eine zierliche Frau im schmutzigen Blaumann und mit Kopftuch kam aus einer Türe auf Andrea und Joachim zu. Sie wischte sich die Hände an der Hose ab und strahlte ihren Mann und Andrea an: „Hallo! Mit Besuch habe ich ja heute gar nicht gerechnet. Eva."

Verwirrt sah Andrea die Frau an und schüttelte die Hand. Sie antwortete automatisch: „Andrea. Hallo."

Die Frau lächelte: „Ich heiße Eva-Maria. Ich mag den Namen ‚Eva' lieber und Jo mag ‚Maria' lieber. Ich höre auf beides. Komm rein, ich mach Kaffee. Ein bisschen Kuchen müsste auch noch da sein. Jo, willst du auch was?"

„Mmh. Komm gleich", brummte der und stapfte mit langen Schritten zu seinem Schlepper. Seine Bewegungen wirkten langsam, was aber nur durch seine Größe so wirkte. Überraschend schnell hatte er den großen Hof überquert und machte sich an der Sämaschine zu schaffen.

In der gemütlichen, großen Küche des Wohnhauses kochte Eva Kaffee und nahm den Streuselkuchen aus der Speisekammer. Andrea erzählte ihr währenddessen, wie sie Jo begegnet war. Eva war kaum älter als Andrea, zierlich, mit schulterlangem, braunem Haar und fröhlichen, dunkeln Augen. Sie sprühte vor Energie und erzählte Andrea bald, wie sie und Joachim ihr Erbe zusammengelegt und sich damit diesen Hof gebaut hatten. Joachim war es, der unbedingt Getreide und Kartoffeln anbauen wollte, sie hatte auf Milchvieh bestanden. Und so machten sie jetzt beides. Und es lief ‚eigentlich' ganz gut. Grinsend erklärt Eva: „Ein Bauer, der nicht klagt, ist kein Bauer! Wenn ein Bauer klagt, ist alles in bester Ordnung!"

Als Joachim hereinkam, sah Andrea ihn erstaunt an. Er hatte sich das Gesicht gewaschen und ein sauberes Hemd angezogen. Er sah jetzt sehr viel jünger und attraktiver aus, als Andrea zuerst wahrgenommen hatte. Das rote Haar stand in kurzen Borsten vom Kopf ab und seine blau-grünen Augen sahen nicht so drohend aus, wie vor dem Waschen, als seine Augenbrauen und das ganze Gesicht vom Staub dunkel gefärbt gewesen waren. Sie musste über sich selbst lachen: „Ich hätte dich gerade fast nicht wiedererkannt... Oh, wir... ich... Eva hat mich sofort geduzt... ich..."

Joachim schmunzelte amüsiert: „Das ist in Ordnung, Andrea. Hallo Schatz", sagte der große Mann zärtlich und küsste seine Frau. Die Art, wie er dabei seine Hand auf ihren Bauch legte, ließ Andrea aufmerksam werden.

„Du bist schwanger!" fiel ihr auf. Sie sprang auf: „Oh Gott! Sag das doch! Ich kann dir doch helfen!" Als sie in die Küche gekommen waren, hatte Eva Andrea gedrängt, sich zu setzen. Andrea hatte dies ohne große Widerrede getan.

Die Eheleute sahen Andrea erstaunt an, dann lachte Eva: „Nein, bleib sitzen. Es ist alles okay! Der Kleine muss schon damit klarkommen, dass ich arbeiten muss. Und bisher gibt es damit gar keine Probleme..."

„Trotzdem!" beharrte Andrea. Sie nahm Eva die Tassen aus der Hand. „Euer erstes Kind?"

Stolz nickten die Eheleute und erzählten Andrea nun zu zweit von ihrem Hof, den Tieren und am meisten von ihrem ungeborenen Baby.

Andreas ungeplanter Besuch bei dem Ehepaar Peters endete damit, dass Eva sie nach Hause brachte und beide Frauen sich darauf freuten, sich am nächsten Tag wiederzusehen. Andrea wollte Eva im Stall helfen.

„Kanntet ihr die Tote eigentlich auch?" fragte Andrea neugierig beim Frühstück mit den Peters. Sie hatte mit Eva um sechs Uhr im Stall angefangen und war jetzt richtig hungrig. Eva hätte ihr alles vorsetzen können und Andrea hätte es köstlich gefunden. Aber Eva hatte ihrem Mann aufgetragen, frisches Brot zu holen. Selbstgemachte Marmelade hatte er dazu auf den Tisch gestellt, duftenden Käse, Aufschnitt, den Evas Bruder gemacht hatte, Tomaten und Gurken aus Evas Gemüsegarten und herrlich riechendes Rührei. Andreas Bemerkung, Eva hätte ihren Mann gut im Griff, belachten die Eheleute herzhaft. Eva hatte anschließend grinsend erklärt: „Ich habe meiner Schwiegermutter früh gesagt, wie ich ihn haben möchte und sie hat ihn entsprechend erzogen. Ich hab ihr gesagt, sonst würde ich ihn nicht heiraten." Joachim grinste seine Frau nur liebevoll an.

Andrea wollte wissen: „Wie lange kennt ihr euch? Wann hast du deiner Schwiegermutter das gesagt?"

„Ich war sieben. Jo war zwei Tage vorher zehn geworden und hatte mir gerade erklärt, ich wäre ihm zu kindisch und wir könnten nicht ewig zusammen sein. Wir sind hier in der Stadt zusammen aufgewachsen."

„Antonia Wiedmann? Mmh... ja, die kannten wir." Jo hatte einen unwilligen Zug um den Mund. Andrea wurde noch neugieriger: mochte Jo die Tote nicht?

„Wir haben uns nicht gut mit ihr verstanden", erklärte Eva, die Andreas Gesichtsausdruck bemerkt hatte. „Wir hatten immer Probleme mit ihr."

„Warum?" Die beiden waren die ersten, die nicht begeistert von Antonia Wiedmann sprachen.

„Du kanntest sie nicht, oder?"

Andrea schüttelte den Kopf: „Nein. Ich habe sie nur gefunden..."

„DU hast sie gefunden? Die... Leiche?"

„Ja."

Die Eheleute sahen Andrea erschrocken an. Schließlich sagte Eva: „Das ist ja schrecklich..." Jo nahm ihre Hand.

„Weiß mittlerweile jemand, warum sie gestorben ist?" fragte er.

„Nein", schüttelte Andrea den Kopf. „Ich nicht."

„Hofmeister auch nicht?" wollte er wissen.

Andrea dachte über ihren Chef nach und schüttelte den Kopf: „Nein, ich glaube nicht. Er hat mir gegenüber zu mindestens nichts gesagt."

„Frau Jansen, der Beamte des Landeskriminalamtes, Herr Kriminalhauptkommissar Heinrich, möchte Sie nochmals sprechen. Er hat gerade angerufen", teilte Herr Hofmeister Andrea am Dienstag mit. Sie konnte einen unwilligen Gesichtsausdruck nicht unterdrücken und sah von ihrer Arbeit auf. Herr Hofmeister sah sie mit seinen ruhigen, stahlblauen Augen an, die jede gezeigte Gefühlsregung registrierten. Andrea wusste schon nach der ersten Woche, dass ihr Chef nach Ausdruck von Gefühlen im Gesicht des Anderen suchte.

„Wann?" fragte sie.

„Sobald wie möglich, sagte er. Er hat noch ein paar Fragen an Sie. Wie weit sind Sie mit den eingegangenen Beschwerden?"

„Fast fertig", meinte Andrea. Sie deutete auf den Stapel, auf dem nur noch drei Fälle lagen. Sie hatte ein eigenes, kleines Büro im Wohnhaus des Schlichters. Es war vollgestopft mit Akten und Papieren, Büchern und Ordnern. Wenn Andrea einen etwas besseren Überblick über ihren gesamten Arbeitsbereich hatte, würde sie die überquellenden Regale aufräumen und sich etwas mehr Raum an ihrem Arbeitsplatz schaffen. Herr Hofmeisters Büro lag direkt neben ihrem Zimmerchen. Sein Büro war groß und freundlich, aber mit nicht weniger überquellenden Ordnern und Ablagen. Allerdings war Herr Hofmeister gezwungen – nicht zuletzt durch seine Frau – mehr Ordnung in diesem Büro zu halten. Schließlich empfing er dort beruflich Besuch. Die Ordnung dieses Raumes kontrollierte Frau Hofmeister regelmäßig – unter dem Vorwand, die großen, sehr schönen Grünpflanzen zu gießen.

„Dann sortieren und registrieren Sie doch die Fälle eben noch und gehen anschließend zum Polizeipräsidium." Herr Hofmeister benutzte selten Abkürzungen. ‚Präsidium' würde er nur sagen, wenn wirklich keine Zeit für ‚Polizei' davor war. Wobei Andrea nicht sicher war, ob es jemals eine solche Situation geben würde

„Sollte ich nicht zu dem Termin mitkommen, den Sie im Nachbarort haben? Bei... bei Familie Hansen?" fragte Andrea erstaunt.

Herr Hofmeister nickte bedächtig: „Ja, das hätte heute schön gepasst, weil Sie den Fall dann von Anfang an hätten verfolgen können. Dann ist es – denke ich – einfacher, den ganzen Ablauf eines Schlichtungsverfahrens zu verstehen. Aber ich denke, es ist wichtiger, dass Sie diese Angelegenheit hinter sich bringen. Und dass der Tod der armen Antonia aufgeklärt wird."

Andrea nickte unzufrieden. Herr Hofmeister hatte zwar Recht, aber bei dem Gedanken an eine Begegnung mit dem schmierigen LKA-Beamten, freute sie sich sogar darauf, ihre gesamte Wohnung samt Fenster putzen zu müssen.

Das kurze Stück zu der kleinen Wache des Dorfes ging Andrea zu Fuß. Es war ein sonniger Tag. Aber von Westen her zogen Wolken auf, die wohl Regen bringen würden. Es war nicht zu warm. In den vergangenen Tagen hatte die Sonne die dichte Wolkendecke nicht durchbrechen können. Radio und Zeitungen schimpften schon wieder über den ‚winterlichen Sommer' und bemühten den Klimawandel als Ursache. Andrea fand das albern: sie war 28 Jahre alt und konnte sich an extrem heiße und verhältnismäßig kalte Sommer erinnern. ‚Bereite dich auf den Lackaffen vor!' ermahnte sie sich selbst. Sie wollte KHK Heinrich höflich begegnen und ihm die Informationen geben, die er haben wollte. Aber sie plante auch, mehr Informationen zu bekommen.

„Hallo, guten Morgen", begrüßte Andrea die kleine Beamtin am Empfang.

Die blickte kurz auf: „Einen Moment bitte." Schnell schob sie einige Papiere zu ordentlichen Stapeln zusammen, schichtete zwei Stapel um und notierte auf einem Zettel kurze Informationen. Dann sah sie freundlich lächelnd zu Andrea auf: „Entschuldigung. Ich musste mir das nur schnell aufschreiben, sonst vergesse ich das. Guten Morgen. Was kann ich für Sie tun?"

Andrea lächelte: wie einfach war es doch, mit einer freundlichen Begrüßung eine nette Unterhaltung herbeizuführen. „Ich heiße Andrea Jansen. Ich bin hier, weil KHK Heinrich noch mal mit mir sprechen wollte."

Die Frau sah sie verwirrt an. Ein Schildchen auf der Uniform verriet, dass sie Polizeikommissarin war und ‚M. Gustafs' hieß. „Heinrich? Ich dachte… Nick wollte mit Ihnen sprechen?"

„Nick? Wer ist das?"

„Sie kennen Nick nicht? – Ah, Sie sind nicht von hier. Nick Wilms ist unser Polizeioberkommissar. Warten Sie, ich frage eben nach." Die Polizistin verschwand, aber nicht, ohne Andreas hoffnungsvollen Gesichtsausdruck zu bemerken. Warum es so erstaunlich war, dass sie den Oberkommissar nicht kannte, hätte Andrea gerne gewusst.

„Frau Jansen, Sie hatten Recht: Heinrich möchte Sie sprechen, nicht Herr Wilms…" Andreas unglückliches Gesicht ließ die Beamtin sich unterbrechen. Sie lachte auf: „Und ich hatte gedacht, ihr Leute aus der Großstadt würdet euch untereinander gut verstehen?"

Betont bedauernswert seufzend schüttelte Andrea den Kopf: „Das stimmt leider nicht immer."

Frau Gustafs grinste verständnisvoll: „Warten Sie, ich glaube, ich habe eine Idee." Sie tippte ein paar Tasten auf ihrem Telefon und wartete. „Ja, Nick, hier ist Marion. Frau Jansen ist jetzt hier. – Ja, das LKA hat sie eingeladen. Wolltest du nicht dabei sein? – Ja, gut." Die kleine Polizistin lächelte Andrea an: „Polizeioberkommissar Wilms holt Sie gleich ab. Er bleibt dann auch bei Ihnen. Mehr kann ich leider nicht tun."

Andrea musste lachen. Die großen, unschuldigen, braunen Augen von Frau Gustafs und die kleine ,Intrige' gegen den LKA-Beamten widersprachen sich herrlich. „Danke, Frau Gustafs! Vielen, vielen Dank!"

Polizeioberkommissar Nick Wilms war groß, beinahe anderthalb Köpfe grösser als Andrea. Er war auch muskulös, aber bei seiner Körpergröße fiel das nicht auf. Die Uniform stand ihm nicht. Sie sah aus, als müsse er noch hineinwachsen, nicht in der Länge, aber in der Breite. Er begrüßte Andrea mit einem warmen Lächeln und stellte sich vor. Auf dem Weg zum Büro des LKA-Beamten fragte er sie kurz und angemessen unverbindlich nach ihrer Arbeit und ihren ersten Tagen in der Kleinstadt.

Dann klopfte er an eine Tür. In dem hellen, freundlichen Büro, das sie betraten, war viel Platz. Es wirkte leer. Hinter einem steril wirkenden Schreibtisch mit Glasplatte saß Heinrich und telefonierte aufgebracht. Hinter ihm standen zwei Regale mit wenigen Ordnern und zwei Grünpflanzen. Mehr nicht. Die Hälfte des Raumes war leer. Als wenn ein Partner für Herrn Heinrich gesucht würde. ‚Oder als wenn er seinen letzten Partner gerade vergrault hätte‘, dachte Andrea heimlich grinsend. Herr Wilms schob einen Stuhl vor den Schreibtisch und bat Andrea, sich zu setzen. Er selbst holte sich einen Stuhl aus dem Flur. So warteten sie darauf, dass Heinrich sein Telefonat beendete. Eilig hatte der es damit nicht.

„Frau Jansen… ja… Der Polizeioberkommissar möchte dabei sein?" fragte ‚das LKA' mehr rhetorisch, als er das Telefonat endlich beendet hatte. „Ist Ihnen das Recht?" Die Frage richtete sich an Andrea. Sie konnte nur erstaunt nicken. „Gut. Gut… Wo ist denn… Ah, ja, hier ist Ihre Aussage. Wissen Sie noch, was Sie gesagt haben?"

Fassungslos sah Andrea den Beamten an. Sie wandte prüfend den Blick zu Herrn Wilms. Sie hatte den Eindruck, dass der nur mit Mühe einen neutralen Gesichtsausdruck aufrechterhalten konnte. „Ja, ich weiß noch, was ich gesagt habe", antwortete Andrea.

„Gut, sehr gut… Sie haben gesagt… Moment… Sie haben gesagt, dass Sie die Leiche abends, im

Regen gefunden hätten, aber wegen des Regens erst am nächsten Morgen die Polizei verständigt haben..."

Andrea wollte Herrn Heinrich schon an die Kehle springen – nur verbal natürlich – aber Herr Wilms kam ihr ruhig zuvor: „Das stimmt nicht und das ist auch nicht so dokumentiert. Frau Jansen hat abends nur eine Hand gesehen und hätte sich im schwachen Scheinwerferlicht auch vertun können. Als sie am nächsten Morgen dann nachgesehen hat, hat sie die Leiche entdeckt und die Polizei gerufen."

„Ja, richtig. So steht es ja auch hier... Ja... Ist Ihnen sonst noch etwas eingefallen, was mir helfen könnte?" wandte sich der selbstgefällige einfältige Mann wieder an Andrea.

„Nein, tut mir leid. Ich habe Ihnen alles gesagt."

„Sie sind an dem Tag erst hier angekommen, richtig?" fragte Polizeioberkommissar Wilms freundlich.

Andrea nickte.

„Frau Jansen", versuchte es der LKA-Beamte noch mal. „Es ist von großer Wichtigkeit, dass Sie mir alles sagen. Jedes Detail?" Er sah Andrea erwartungsvoll an.

Andrea schwieg verwirrt.

„Alles, was Ihnen irgendwie seltsam vorkam?"

Andrea schwieg wieder. Sie verstand nicht, worauf der Beamte hinaus wollte.

„Haben Sie an dem Abend vor dem Auffinden der Leiche... äh... der Hand vielleicht jemanden in der Nähe gesehen? Oder war da ein Auto? Eine andere Person?"

Verwundert sah sie ihn an. Sie ahnte plötzlich, dass der Mann völlig im Dunkeln tappte. Er wusste nicht weiter.

„Wer soll denn noch da gewesen sein?" fragte Andrea naiv. Ein bisschen hatte sie ein schlechtes Gewissen, weil sie dem Mann etwas vorspielte. Aber so konnte sie sich bei dem widerlichen Kerl für einige Frechheiten rächen.

„Das weiß ich nicht. Ich hoffte, Sie könnten mir da helfen. Warum war die Frau dort? Sie wohnte ganz woanders und bei dem Regen geht man auch nicht zu Fuß Freunde besuchen. Vielleicht hat sie ja jemand unter Drogen gesetzt und dort ausgesetzt?" Sein Ton war nicht ganz so überheblich wie bei ihrer ersten Begegnung. Zwischendurch brach seine gestelzte Sprache aber durch.

„Unter Drogen?" Andrea spielte schockiert: „Wurde sie auch... vergewaltigt? Oder missbraucht?" Natürlich wusste Andrea, dass das nicht so war. Beide Beamten schüttelten beruhigend den Kopf.

Eine Stunde lang unterhielt Andrea sich mit Herrn Heinrich. Sie war ihm bei seinen Ermittlungen keine große Hilfe. Sie selbst erfuhr auch nicht

viel: der Mann hatte so gut wie nichts herausgefunden. Er wusste, dass alle Antonia Wiedmann
gemocht hatten und dass sie keine Drogen und nur
Vitamintabletten nahm. Sie hatte einen Freund,
mit dem sie zusammen gewohnt hatte und der tod-
unglücklich über ihren Tod war. Sie hatte nichts
zu vererben und auch keine Leichen im Keller. Niemand konnte sich ihren Tod erklären oder warum
sie zu dieser Uhrzeit diese Straße entlanggelaufen
war.

Als Andrea gehen durfte, erhob sich auch Herr
Wilms. Vor der Türe fragte er Andrea: „Ich habe
jetzt Mittagspause. Haben Sie Lust, mir Gesellschaft zu leisten? Wann haben Sie Mittag?"

Andrea lächelte zu ihm auf: „Jetzt. Ich leiste
Ihnen gerne Gesellschaft."

Kapitel zwei

„Sie wissen mehr, als Sie sagen", stellte Herr Wilms fest.

Er saß mit Andrea im einzigen Gasthof des Dorfes, einer Mischung aus Kneipe, Pension und gutbürgerlichem Restaurant. Robuste Eichenmöbel, verstaubte, ehemals liebevoll ausgesuchte Kunstblumensträußchen und eine ganze Reihe unterschiedlichster, sauberer Biergläser zierten den großen Gastraum.

Andrea stellte sich dumm: „Was meinen Sie?"

Herr Wilms lächelte amüsiert: „Frau Jansen, ich bin Polizeioberkommissar. Aber nur, weil ich bei jedem höheren Dienstgrad in eine größere Stadt versetzt werden würde. Sie wissen mehr über den Todesfall, als Sie es Herrn Heinrich sagen wollten. Was wissen Sie?"

Andrea mochte Menschen, die nötigenfalls ein ‚n' an das Wort ‚Herr' anfügten. Sie sah den Mann vorsichtig abschätzend an. Er war ihr sympathisch, aber sie wusste noch nicht, ob sie ihm vertrauen konnte.

„Herr Heinrich ist hier, um seiner Karriere nachzuhelfen. Und das möglichst schnell. Aber er tappt absolut im Dunkeln. Er glaubt an Mord..."

„Wieso Mord? Und wieso ‚glaubt' der?" unterbrach Andrea Herrn Wilms erstaunt.

Der zuckte mit den Schultern: „Mord wäre besser für seine Karriere."

Andrea sah den Polizisten perplex an und musste lachen: „Ja, natürlich! Oh Gott! Herr Ober, ich hätte gerne einen Mord, ich brauche mehr Geld. Schreckliche Welt!"

Belustigt musterte Herr Wilms die hübsche junge Frau aus der Großstadt und fragte sich, ob sie wohl wirklich so dachte.

Andrea beschloss, offen gegenüber Herrn Wilms zu sein. „Denken Sie, es war Mord?"

„Sagen Sie mir erst, was Sie denken. Ich darf Ihnen nichts aus den Polizeiberichten sagen. Aber wenn ich weiß, was Sie wissen..." Er ließ offen, was dann passieren würde.

„Warum denken Sie, dass ich so viel mehr weiß, als ich sage?"

„Ich hatte den Eindruck, als Sie eben mit Herrn Heinrich gesprochen haben. Außerdem... Sie sind im Rahmen der Ermittlungen überprüft worden. Dabei habe ich festgestellt, wer Ihre Verwandten sind. Und ich glaube, bei so viel Staatsgewalt und Juristerei in der Familie kann man sich gar nicht gegen die Neugier für polizeiliche Ermittlungen wehren."

Das schelmische Lächeln des Beamten brachte Andrea zum Lachen. Kichernd fragt sie: „Sie meinen also, es war Neugier im Affekt?"

Herr Wilms grinste nur.

„Ich weiß nicht, ob es Mord war", überlegte Andrea dann laut. „Ich weiß, dass sie LSD im Blut hatte, ein bisschen Alkohol und noch irgendwas anderes. Vielleicht war es einfach eine Überdosis, sie ist im Drogenrausch losgelaufen, wusste selbst nicht wohin und ist dann in diesen Graben gefallen und gestorben?"

Herr Wilms nickte nachdenklich: „Ja, aber an LSD stirbt man nicht so schnell. Die meisten LSD-Opfer sterben, weil sie meinen, sie könnten fliegen und springen aus dem zehnten Stock oder wären unverletzlich und laufen vor ein Auto oder so was. Aber Antonia hatte keine Verletzungen. Und: wie ist sie an die Drogen gekommen?"

Andrea zuckte mit den Schultern: „Die Bezugsquellen hier kennen Sie besser als ich."

„Mir war nicht bekannt, dass hier LSD angeboten wird. Marihuana ja, jede Menge so nah an der niederländischen Grenze. Aber LSD? Da hatte ich eher Koks vermutet."

Andrea nickte in Gedanken vertieft.

„Wie? Sie sind nicht erstaunt? Jetzt sagen Sie nicht, dass Sie wussten, dass es hier kein LSD gibt?!" Andrea sah Herrn Wilms geheimnisvoll grinsend an und schwieg.

„Denken Sie, es war Mord?" wollte Andrea wissen. Sie hatten das Gespräch unterbrochen, als der Schrank-breite Wirt das Essen serviert – oder auf den Tisch geknallt – hatte. „Noch wat trinkn?"

hatte er gebrüllt. Herr Wilms hatte es für Andrea übersetzt.

„Hmm... Ich kann es mir nicht vorstellen: ich weiß nicht, wer sie ermorden sollte. Ich kenne die Leute hier. Ich bin hier aufgewachsen. Und ich traue niemandem ernsthaft einen Mord zu. Andererseits hätte ich Antonia auch nie zugetraut, Drogen zu nehmen. Vielleicht unbewusst?"

„Lassen Sie uns doch mal die Fakten zusammentragen", schlug Andrea vor. Sie war froh, jemanden gefunden zu haben, mit dem sie den Todesfall diskutieren konnte. „Als ich Sonntagabend ihre Hand gesehen habe, war sie schon tot..."

„Ja, seit etwa zwei Stunden."

„Gut... Nein, nicht gut! Aber... Sie wissen, wie ich das meine. Was hat sie davor gemacht?"

„Da war sie – wie fast das ganze Dorf – auf der Geburtstagsfeier von Armine Densen."

„Ist da was Besonders vorgefallen?"

Herr Wilms grinste breit: „Sie meinen: außer den üblichen ,Geburtstagsspielen'? Nein. Zumindest ist niemandem etwas aufgefallen, auch mir nicht."

„Geburtstagsspiele? Was war das für ein Geburtstag?"

„Der 55. Gucken Sie nicht so: was macht das für einen Unterschied, ob Sie auf Kegeltouren oder auf Geburtstagen seltsame Spiele spielen. Ich war eine Zeitlang in Norddeutschland: da werden

Spiele gespielt, damit man einen Grund hat zu saufen. Wenigstens das bleibt uns hier erspart."

Andrea wusste nicht, was sie davon halten sollte. Sie beschloss, es nicht zu kommentieren. „Wann hat sie sich denn... also Antonia Wiedmann, von der Party verabschiedet?"

„Nach dem Abendessen, als die meisten gegangen sind. Das war gegen achtzehn Uhr. Sie soll ein bisschen wirres Zeug geredet haben. Aber das haben alle auf den Alkohol geschoben. Ein... Zeuge hat von ‚erstaunlich kalten Händen', ein anderer von ‚leichten Zuckungen' gesprochen."

„Und dann ist sie... Ist sie zu Fuß von der Party weggegangen? Und wollte sie nach Hause oder hatte sie noch was anders vor?"

„Sie ist zu Fuß gegangen. Sie hätte nur fünfzehn Minuten nach Hause gebraucht und sie wollte nach Hause."

„War sie zu Hause?"

„Nein, Jan Meyer, ihr Lebensgefährte, hat sie nicht gesehen."

„Wie lange wirkt LSD?" fragte Andrea nach einer Weile, in der beide geschwiegen hatten. Herr Wilms zuckte mit den Schultern: „Ich hoffe, das steht im toxikologischen Befund."

„Wann soll der kommen?"

„Wir rechnen jeden Tag damit. Aber das Labor hatte ein paar dringendere Fälle, die vorgezogen wurden. Drogentote auf dem Land sind nicht so spannend, dass sie Vorrang haben." Das klang etwas anklagend.

„Kann sich irgendwer einen Spaß erlaubt und die Drogen im Essen versteckt haben?"

„Nein. Wir haben alle das Gleiche gegessen. Dann hätte das halbe Dorf high sein müssen."

„Was gab es denn zu essen?"

„Chili con Carne und Lauch-Käse-Suppe. Zwei große Töpfe, aus denen jeder genommen hat."

„Dann wissen wir nicht, ob sie es selbst genommen oder doch in einem unbeobachteten Moment ins Essen gemischt bekommen hat. Auf jeden Fall war sie beim Abschied schon high, sonst hätte sie kein ‚wirres Zeug' geredet. Also hat sie das LSD auf der Party genommen. LSD wird normalerweise auf irgendwelchen Papierstücken, kleinen Bildchen oder so was verkauft. Haben Sie so was gefunden?"

„Nein. Aber es hatte in der Nacht auch sehr viel geregnet."

„Warum reden Sie eigentlich so offen mir mit über die Ermittlungen? Haben Sie keine Angst, dass ich es weitererzähle? Sie kennen mich doch gar nicht."

Herr Wilms lächelte, aber erst nach einer Weile antwortete er: „Das hat zwei Gründe: einerseits hoffe ich, dass Sie mit vertraulichen Informationen umzugehen wissen. In Ihrer Familie gibt es so viele Juristen und Polizeibeamte, dass Sie sicher wissen, wie wichtig es ist, Informationen aus laufenden Ermittlungen geheim zu halten."

„Und der zweite Grund?" fragte sie, als der Mann schwieg.

„Ich... ich muss mit jemandem darüber reden. Herr Heinrich blockt jedes Gespräch mit uns ‚einfachen Beamten' über den Todesfall ab und redet außerdem immer über Mord. Ich brauchte einfach die Sicht einer anderen Person auf den Fall." Er wirkte verlegen.

Sie lächelte ihn aufmunternd an. Beiläufig warf sie einen Blick auf ihre Armbanduhr und erschrak: „Oh Gott! Sch... `Tschuldigung! Ich muss los, es tut mir leid! Ich habe meine Pause schon fünf Minuten überzogen. Kann ich..." Sie drückte Herrn Wilms ausreichend Geld für ihr Essen in die Hand.

Herr Wilms nickte etwas überrascht: „Ja, natürlich, kein Problem."

„Danke! Vielen Dank! Es tut mir Leid... Wiedersehen!"

Er sah der hinauslaufenden Andrea nach und fragte sich, ob Ferdinand Hofmeister tatsächlich so ein strenger Chef war.

Beim Haus des Schlichters angekommen, wunderte Andrea sich über die verschlossene Haustüre. Auf einem Zettel, der in dem üppigen Margaritenstrauch neben der Türe steckte, stand in Frau Hofmeisters ordentlicher, filigraner Handschrift: ‚Frau Jansen, mein Mann ist noch nicht wieder zurückgekehrt und ich muss eilig Einiges einkaufen. Sie finden sich aber ja sicher zurecht. Und ich werde auch nicht lange weg sein. Y. Hofmeister'. ,Y'? wunderte Andrea sich, als sie die Tür aufschloss. Wurde ,Yasmin Hofmeister' nicht mit ,J' geschrieben? Einen Schlüssel zum Haus der Hofmeisters hatte Andrea sofort bekommen.

Andrea saß noch nicht lange an ihrem Schreibtisch, als es klingelte. Sie öffnete. Noch bevor sie etwas sagen konnte, sprudelte die Frau vor der Türe hervor: „Ah, Kindchen, bis di Neue, wa? Is de Meister nich doa? Dat mach nix, rede wir wat. Komm, Theo, komm, dat Mätsche tut uns helfn. Tus'e doch, nö? Es is nämlich so…"

Andreas Gehirn arbeitete hart, um die ungewohnten Laute, die sehr schnell aus dem Mund der Frau kamen, in eine für sie halbwegs verständliche Sprache umzuwandeln. Sie unterbrach die aufgeregt brabbelnde Alte und führte die alten Leute ins Esszimmer. Den Mann hatte Andrea erst nach der Erwähnung des Namens ,Theo' wahrgenommen. Es ging um etwas Berufliches und das kleine alte Ehepaar kannte die Hofmeisters persönlich. Sich an den Schreibtisch ihres Chefs zu setzen, kam Andrea aber falsch vor, deshalb entschied sie sich für das Esszimmer. Die beiden Menschen waren eine interessante Erscheinung. Beide waren klein und sich im Alter irgendwie ähnlich geworden. Ihre Haltung war leicht gebeugt, ihre Haut stumpf und grau. Die Frau hatte schwarze, klobige Schuhe an und lila Socken oder Stulpen. Unter ihrem beigebraunen Mantel sahen zehn Zentimeter eines grob-karierten, schwarz-grauen Wollrocks hervor, um den Hals hatte sie ein rot-graues Seidentuch gewickelt. Das glatte, schwarze Haar mit den grauen Strähnen darin hing kraftlos herunter und bildete eine Linie mit dem starken Kinn. Ihr Mann trug braune Hosen, einen braunen Anorak und einen braunen Hut. Einen Regenschirm ließ er nicht los, obwohl er ihn offensichtlich nicht als Gehhilfe brauchte. Andrea war fasziniert von dem Erscheinungsbild des Ehepaars. Sie schienen aus einer anderen Welt zu stammen. Und vor allem schienen sie sich nach dem Motto: ‚was gut gegen Kälte ist, ist auch gut gegen Hitze' zu kleiden. Es war kein heißer Sommertag, aber Mantel und Stulpen erschienen unpassend. Erst als Andrea mit Kaffee, Tassen, Milch und Zucker wieder ins Esszimmer kam, fiel ihr auf, was die Beiden so faszinierend machte: einzig und allein die Augen beider wirkten lebendig und jung in den alten, verbrauchten Körpern.

„Was kann ich für Sie tun?" fragte Andrea. Sie hatte Kaffee eingeschenkt, den beide fast gierig getrunken hatten. Sie hatten sich selbst nachgeschenkt. Auf einem vorbereiteten Formular trug Andrea ein, was die Eheleute zu sagen hatten. Das Ehepaar Leuter beschwerte sich bitter und wortreich über ein paar Jugendliche, die einen Apfel von einem Baum aus ihrem Garten geklaut hatten.

Es dauerte eine Dreiviertelstunde, bis Andrea herausgefunden hatte, wo das Ehepaar wohnte, welche Jugendlichen den Apfel ‚gestohlen' (sie hatten den Apfel vom Gehweg aufgehoben) hatten und dass es wirklich um nur EINEN Apfel ging. Als die Kaffeekanne leer war, waren die Alten dazu übergegangen, die Milch zu trinken. Irritierend war, dass Herr Leuter immer wieder völlig unzusammenhängende Sätze sagte. Aber auch Frau Leuter sprach zuweilen wirres Zeug. Wenn sie sprach, musste Andrea an eine schnatternde Gans denken. Nur, dass man Gänsen ansah, wann man ihnen besser aus dem Weg ging. Bei Frau Leuter sah Andrea die Möglichkeit, dass sie hinterhältige, gemeine Fallen stellte, wenn man ihr zum Beispiel einen Apfel klaute. Dann schienen beiden Leuters Krallen und vor allem Giftzähne zu wachsen.

Als Andrea alle Informationen hatte, die sie benötigte, deutete sie mit den üblichen, unverbindlichen Worten an, dass die Eheleute Leuter jetzt ruhig gehen könnten und Herr Hofmeister und sie sich um den Fall von ‚Dibbstaal un Mundraub', kümmern würden. Das war die Übersetzung von Frau Leuter für Andrea. Im Original sagte sie ‚Schpetsbooverai on Mongkroof'.

Sie machten nicht den Eindruck, gehen zu wollen. Frau Leuter funkelte Andrea neugierig an: „Du bis dat, wat dat Antonia jefunde hätt, richtich?"

Frau Leuter verlangte viel von Andreas Gehirn: hören, übersetzen, verstehen und dann noch solche Gedankensprünge. Frau Hofmeister kam ins Esszimmer, begrüßte die Leuters freundlich und erbot sich, noch mal Kaffee zu kochen. Andrea hatte gedacht, durch die Unterbrechung wäre Frau Leuter vom Thema ‚Antonia Wiedmann' abgelenkt worden, aber Frau Leuter fragte erneut. Beide Eheleute wurden bei dem Thema erstaunlich lebendig.

„Ja, stimmt", gab Andrea zu.

„De Knauel... äh Appel..." Leuters gaben sich Mühe, für Andrea verständlich zu sprechen und ersetzten ein unverständliches Wort schon mal durch ein etwas besser verständliches. „...dat war ene richtich jrosse jewesen. Has du dat auch jeschrieben?" fragte Frau Leuter nach, als hätte sie das nicht schon sechs Mal getan.

„Dat arme Ding! Wat hat et dann jehabt?"

Verwirrt sah Andrea die alte Frau an. Als sie kapierte, dass es jetzt wieder um die Tote ging, überlegte sie: es klang, als würden sie über ein Tier reden.

„Stimmpt dat, dat Antonia Drojen jenomme hat?"

Andrea wurde hellhörig: „Drogen? Wie kommen Sie darauf?"

„Mein Jung, de hät `n Kamerat. Dat is `n... `n... na, weis-te... so ein Islamist. Bis du mal in Amerika jewesen? Is richtich schön doa! Ehlisch: we waren siebzisch doa jewesn, joa siebzisch. Et lohnt sich..."

Abba `n janz lieber Kerl! Ehrlisch: ein janz lieber Mensch. Un de fährt Taxi…"

„Dem war zuletz einer rinnjefahre! De war nich schuld jewesen! Abba alles musste de bezahle! Alles! Dat kann auch nich richtich sein…" unterbrach Frau Leuter ihren Mann.

„Ne, dat war ene andere Jung, Leo. Dat war ene andere… Dat war de… weis-te… de Herbert…"

Seine Frau stimmte ihm zu und Herr Leuter erzählte umständlich und an Andrea gewandt weiter: „Un de hat dat arme Ding mitjenommn." Er sprach viel langsamer und unsicherer als seine Frau. Wahrscheinlich konnte er nicht so viel ‚üben' wie sie, weil sie immer sprach.

„Wo hat er sie denn gefunden? Sie wollte doch zu Fuß nach Hause gehen, oder?" fragte Andrea. Sie hatte Mühe, die Gedankensprünge auszublenden und der eigentlichen Geschichte zu folgen.

„Jefunde hat de dat doa bei demm Kloster Hein. Abba de hat et bald wieder rausjeschmisse. Sachte, et war bekiff."

Das ‚moderne' und hochdeutsche Wort aus Herrn Leuters Mund erschreckte Andrea. „Bekifft?"

„Iija", mischte sich Frau Leuter mit Sensationslust in der Stimme wieder ein: „Hat demm der Auto volljekotzt, hat wat von schwarze Ratte in der Auto un Teufel in de Wolke erzählt…"

Andrea bekam Kopfschmerzen.

Möglichst unauffällig machte sie sich Notizen. Wonach sollte sie als Nächstes fragen? Was war am

Wichtigsten, bevor irgendetwas sie unterbrach? „Wie heißt der Kumpel Ihres Sohnes? Der Taxifahrer?"

Die Gesichter beider Eheleute wurden nachdenklich.

„So wat... weiß-te: so wat islamistischet... Wie heißt de noch?"

Frau Hofmeister brachte den Kaffee, verschwand aber sofort wieder, um Kuchen zu holen, wie sie erklärte. Die Leuters ließen sich zu Andreas Freude nicht vom Überlegen ablenken. „So wat wie... wie..." – „De kommt aus Sürie, oder so wat", fiel Frau Leuter ein.

„Nee, dat war de andere. Ich mein de lange, dürre Jung... De aus... wie heißt dat Land mit dem Jordan? Doa in Nahost... Jordanie, jenau..."

„Ahh, du meins de Omar? Joa, de war dat auch!" freute sich Frau Leuter.

Andrea überlegte kurz, nach dem Nachnamen zu fragen, ließ es aber: das würde die Eheleute sicher überfordern, und so viele jordanische Taxifahrer sollte es hier auf dem Land wohl nicht geben. Und falls doch, würde die Polizei sicher den Richtigen finden können.

„Wie kann sie denn an die Drogen gekommen sein?" Es war wirklich ein Glück, dass die Leuters so mitteilungsfreudig waren. Eigentlich war Andreas Fragerei recht unhöflich.

„Ijaa, Kind, dat is so eine Sache... Ich kann misch joa nich vorstelln, dat dat Antonia Haschisch jenomme hat."

„Warum?" fragte Andrea nach, als Frau Leuter nicht weitersprach.

„Na, weiß-te: von Haschisch kriegs du keine Krompe..."

„Krämpfe?" unterbrach Andrea Frau Leuter unsicher.

„Ijaa!" bestätigte die alte Frau. „Dat hat de Omar jesacht."

Andrea schwirrte der Kopf.

„Hab isch disch von de Vöjel erzählt?"

„Welche Vögel?" fragte Andrea den alten Mann erstaunt und mittlerweile am Ende ihrer Konzentrationsfähigkeit.

„Et warn zich Vöjel, dies Jahr. Di Kirsche haben di uns aufjefressen, di Driit-Vicher..."

‚Ah, ein Exkurs mal wieder', dachte Andrea und ließ den Mann reden.

„Et war auch richtich nass jewesen, als dat Jetreide jeblüht hat. Hat viel Hungerkorn jejeben..."

Andrea kapitulierte: ‚Hungerkorn' empfand sie Widerspruch in sich. Sie schenkte Kaffee nach und ging nach Frau Hofmeister und dem versprochenen Kuchen gucken. Frau Hofmeister telefonierte, bedeutete Andrea aber, den Kuchen schon mal mitzunehmen. Wenig später kamen Herr und Frau Hofmeister gemeinsam ins Esszimmer und Andrea war erlöst.

Zuhause ließ Andrea sich stöhnend auf ihre Couch fallen. Der Tag war anstrengend gewesen: erst der im Dunkeln stochernde LKA-Lackaffe und dann das tatterige alte Ehepaar – denen Andrea im Moment den Mord an Frau Wiedmann durchaus zutraute, wenn man einen Apfel aus deren Garten bei der Toten gefunden hätte. Die Couch in ihrem Wohn-Ess-Arbeitszimmer war zu kurz für Andrea. Aber sie war gemütlich und hübsch: blau mit kleinen, weißen Mustern darauf. Einen Tisch, den sie vor die Couch stellen konnte, vermisste Andrea noch. Das große Fenster des Raumes ging zur Straße raus, aber ein großer, liebevoll von den Vermietern gepflegter Vorgarten trennte sie von der verhältnismäßig stark befahrenen Straße. Auch die kleine Küche ging zur Straße raus. Bad und Schlafzimmer hatten Fenster zur Grundstückseinfahrt. Dort durfte Andrea auch ihr altes, klappriges Auto abstellen. Drei Treppenstufen führten hoch in ihre Wohnung.

Das Telefon klingelte. Eine Weile ließ Andrea es klingeln, dann erhob sie sich doch stöhnend.

„Hallo Andrea. Störe ich?" fragte Anna.

Andrea lächelte erfreut: „Nein, natürlich nicht. Es war nur etwas anstrengend heute und auf dem Sofa war es gerade sehr gemütlich."

„Habt ihr den Tox-Bericht gesehen?" mutmaßte Anna.

Andrea grinste. Anna vergaß, dass Andrea keine Möglichkeit hatte, den zu bekommen. „Nein, wo hätte ich den her haben sollen?"

„Ach, Sch... Stimmt ja. Ich habe leider nicht viel Zeit, Kleine. Wenn du mir deine Faxnummer gibst, faxe ich dir den Bericht."

„Ist Sophie bei dir?" fragte Andrea, weil Anna nie lange telefonierte, wenn Sophie da war.

„Ja, sie badet gerade."

„Grüß sie von mir, ja?!"

Anna lächelte, Andrea hörte es an der Stimme: „Ja, klar, mache ich. Sie wird sich freuen!"

„Hast du den Bericht zu Hause?" fiel Andrea erstaunt auf.

„Ja, ich hab mir den... ‚ausgeliehen'. Für einen Tag fällt das nicht auf. Sag mal: hat Fabian dich angerufen?"

„Nein", sagte Andrea kalt und unversöhnlich.

„Dieser... Kopf hoch, Kleine! Ich schick dem ... eine Vorladung!" Anna würde ihm keine richtige Vorladung schicken. Sie nannte es nur so.

„Würdest du ihn anrufen?" fragte Andrea unsicher.

„Nein!" sagte Anna mit Nachdruck. „Auf keinen Fall! Der müsste sich erst mal entschuldigen, dass er mich in die Provinz geschickt hat!"

Andrea nickte nur. Ein Geräusch am Fenster erregte ihre Aufmerksamkeit. Gleichzeitig erzählte sie Anna: „Aber Fred und Gabi haben angerufen und Hanna hat mich eben nach meiner Festnetz-nummer gefragt." Durch die Fensterscheibe sah Andrea das Gesicht eine Katze auf der Fensterbank.

„Dann ruft Hanna gleich noch an? Das ist doch schön! Dabei seid ihr eigentlich gar nicht so eng befreundet..."

„Hey! Raus!" schrie Andrea und unterbrach Anna damit. Sie hatte das Fenster geöffnet, um die Katze zu verscheuchen. Aber die war schneller ins Zimmer geschlüpft, als Andrea reagieren konnte. Jetzt stolzierte das Biest in den Raum, drehte sich und setzte sich in die Mitte des Zimmers. Herausfordernd und – Andrea hatte zumindest den Eindruck – leicht amüsiert sah die Katze zu ihr hoch.

„Raus!" brüllte Andrea das Tier noch mal an und wies auf das geöffnete Fenster. Die Katze kümmerte das nicht. Andrea starrte die Katze noch einen Moment feindselig an, gab dann aber nach: „Na gut, aber nur, weil ich zu müde bin, dich Mistvieh zu fangen!"

Zufrieden gurrte die Katze und stand auf. Während Andrea Anna erklärte, was passiert war, schlenderte die Katze zur angelehnten Zimmertüre, presste ihren Kopf zwischen Tür und Rahmen. Sie schlüpfte durch den entstandenen Spalt und war verschwunden. Andrea überlegte kurz: ‚Die Schlafzimmertüre ist fest zu und in der Küche steht nichts offen rum'. Seufzend ließ Andrea sich wieder auf ihr Sofa fallen.

„Ich muss Schluss machen, Andrea."

„Ja, klar! Vielen Dank, dass du wegen dem Bericht an mich gedacht hast!" unterbrach Andrea ihre Freundin.

„Ist doch klar!"

„Grüß die Süße von mir, ja? Ach, hab ich schon gesagt. Na ja, dann grüß sie halt zweimal", grinste Andrea.

Anna lachte: „Du magst sie ja richtig gerne!?"

„Als wenn du das nicht wüsstest", lachte Andrea, gab Anna noch ihre Faxnummer und legte dann auf.

Während das Faxgerät anfing zu arbeiten, ging sie nach der Katze gucken. Die saß laut maunzend vor dem Kühlschrank. Als sie Andrea hörte, sah sie sich kurz um und miaute dann wieder den Kühlschrank an. Andrea musste lachen. Sie streichelte der hübschen Tigerkatze den Kopf: „Du kennst dich ja gut aus. Ich weiß nicht, ob ich was für dich habe. Aber ich kann mal gucken." Außer einem Ei fand sie nichts, was sie der Katze anbieten konnte: ihr Kühlschrank enthielt nur katzenuntypische Nahrung. Sie musste unbedingt einkaufen. Die Katze empfing das Ei, das Andrea in eine kleine Schale gegeben hatte, gierig. Schnurrend genoss sie die glibberige Masse.

So gierig wie die Katze das Ei verzehrte, las Andrea den toxikologischen Befund. Durch ‚Ergotamin' hatte Antonia Wiedmann sterben müssen. Der Toxikologe hatte das Gift in den Gebäckresten in ihrem Magen gefunden. Er bestätigte den vermuteten Vergiftungszeitpunkt am frühen Nachmittag. Andrea war dem Toxikologen dankbar, dass er erklärte, dass ‚Ergotamin' in dem Pilz ‚Claviceps purpurea' vorkam. Dadurch wusste sie zwar immer noch nicht, ob man den Pilz hier im Wald finden konnte, wie er aussah und ob man ihn mit einem anderen, ungiftigen verwechseln konnte, aber wenn sie den Namen hatte, konnte sie das allwissende Internet befragen.

„Mau!"

Andrea fuhr zusammen, als die Katze sich unerwartet an ihren Füssen bemerkbar machte. Mit einem geschmeidigen Satz sprang sie auf das Sofa und drückte ihren Kopf an Andreas Hand.

„Gott! Erschreck mich doch nicht so!" fuhr sie die Katze an. Automatisch streichelte sie die Katze, die sich mit lautem Schnurren dafür erkenntlich zeigte. „Ich muss das noch lesen", erklärte Andrea der Katze, die das aber nicht interessierte. Sie wollte gestreichelt und gekrault werden.

Andrea schob die Katze weg und legte den toxikologischen Befund zur Seite. In der Küche bereitete sie sich zwei Scheiben Brot mit Marmelade zu und ging wieder ins Wohnzimmer. Die Katze lag quer über den Bericht ausgebreitet. Er schien äußerst gemütlich zu sein. Einen Moment sah Andrea der Katze zu, wie sie sich auf dem Papier räkelte und streckte. Dann zog sie an einer Ecke des Berichts, um ihn unter der Katze herauszuziehen.

„Meo!" empörte sich die Katze und schlug mit den Krallen nach Andrea.

„Mistvieh!" schimpfte Andrea und riss gerade noch rechtzeitig ihre Hand zurück. „Ich brauche den Bericht", versuchte Andrea sie zu überreden. „Du darfst doch auf dem Sofa liegenbleiben. Gib mir nur den Bericht."

„Mau!" war die einsilbige Antwort, die Andrea noch weniger verstand als das Platt der alten Leuters am Nachmittag. Andrea setzte sich auf ihren Schreibtischstuhl und beobachtete die Katze kauend. Sie überlegte, wie sie an den Bericht unter der Katze kam, ohne den Krallen des Mistviechs zu begegnen.

Als Andrea aufgegessen hatte, erledigte sich das Problem von selbst: die Katze stand mit zufriedenem Gesichtsausdruck und steil erhobenem Schwanz auf. Andrea nahm den Bericht schnell an sich. Sie setzte sich wieder auf ihren Schreibtischstuhl und blätterte dabei den Bericht durch.

„Meo", sagte die Katze unzufrieden und starrte Andrea vorwurfsvoll an.

Nach dem zweiten ‚Meo' reagierte Andrea: „Was ist denn jetzt schon wieder? Ich hab dich nicht eingeladen. Du hast dich selbst eingeladen. Jetzt beschäftige dich auch selbst!"

Das sah die Katze anders. Mit einem Satz landete sie auf Andreas Schoss. Andrea erschreckte sich so sehr, dass sie aufschrie, aufsprang und alles von sich warf. Mit einem ebenso erschreckten Schrei flog und sprang die Katze gleichzeitig von Andrea weg. Die Seiten des Berichts segelten im ganzen Zimmer verteilt auf den Boden. Nachdem die Katze sich von dem Schrecken erholt hatte, sah sie Andrea vernichtend und tadelnd an.

„Mistvieh!" erklärte Andrea ihr. Sie strafte die Katze mit Nichtachtung und sammelte die Seiten ihres Berichts wieder zusammen. Die Katze beobachtete sie dabei. Sie ließ sich schließlich genau auf der Seite nieder, die Andrea gelesen hatte, als die Katze auf ihren Schoss gesprungen war. Die Katze begann sich zu putzen, mit Seelenruhe, Gründlichkeit und unerschütterlicher Ignoranz für Andreas Situation.

„MIAUUU!" schimpfte die Katze erschrocken, während sie in einem riesigen Satz zur Seite sprang. Andrea hatte sie mit einem Handfeger angestoßen. Zufrieden, an das begehrte Blatt zu kommen und keine Bekanntschaft mit den Krallen der Katze gemacht zu haben, nahm Andrea das Blatt Papier. Aber noch bevor Andrea sich wieder aufrichten konnte, stürzte die Katze sich auf den Handfeger, den Andrea noch in der Hand hielt. Erschreckt und weil sie dachte, die Katze wollte mit Waffengewalt zurückschlagen, verlor Andrea das Gleichgewicht. Sie fand sich auf dem Boden sitzend wieder. In der einen Hand die eine Seite des toxikologischen Berichts, in der anderen einen bunten Handfeger, der wilden und übermütigen Angriffen der Katze ausgeliefert war.

„Jetzt reicht's!" schimpfte Andrea. „Du fliegst jetzt raus!" erklärte sie.

Sie holte ihre Arbeitshandschuhe, die sie im Auto hatte, fing die Katze, die immer noch mit dem Handfeger kämpfte, und trug sie zur Haustüre.

Erst überrascht, dann sich wild windend, schimpfend und strampelnd wehrte die Katze sich. Aber Andrea ließ sie nicht los. Sie zog auch erst ihre Wohnungstüre zu, bevor sie die Katze auf ihre Pfoten setzte. Etwas erstaunt sah die Katze sich um, stolzierte dann aber davon, ohne sich noch mal umzudrehen.

„Jansen, guten Morgen. Kann ich bitte Herrn Wilms sprechen?" fragte Andrea am nächsten Morgen die Polizeibeamtin am Telefon.

„Der ist nicht da", erklärte die Frau hart.

„Wann kann ich ihn denn erreichen?" Andrea blieb freundlich.

„Keine Ahnung, so in `ner Viertelstunde – vielleicht."

„Ja, gut, danke", unterbrach Andrea die unfreundliche Beamtin genervt und legte auf.

Kurz darauf klingelte ihr Telefon. „Notariat Hofmeister, Jansen. Guten Morgen", begrüßte Andrea den Anrufer fröhlich.

„Guten Morgen Frau Jansen. Sie haben aber schon früh am Morgen gute Laune."

Andrea erkannte die ruhige Stimme des Polizeioberkommissars und lachte auf: „Ich bin schon eine ganze Weile wach, Herr Wil... Herr Polizeioberkommissar. Ich bin keine Beamtin..."

Der Polizist unterbrach Andrea mit einem lauten Lachen. Andrea war froh, dass er Humor besaß.

„‚Herr Wilms' reicht, Frau Jansen. Was kann ich für Sie tun? Sie haben eben angerufen?" wollte er wissen.

„Kennen Sie das Ehepaar Leuter?"

„Ja, natürlich. Warum?"

„Die waren gestern hier…"

„Oh, nein! Ist denen wieder eine Birne vom Baum gefallen und ein Nachbar hat die aufgegessen?"

Erstaunt schwieg Andrea, kicherte aber dann: „Die haben öfter Probleme mit ‚Mundraub'?"

„Ja. Ich glaube, die zählen ihre Äpfel, Birnen und was die sonst noch im Garten haben, und wenn ein Stück fehlt, kommen die zu uns oder sie gehen halt zu euch. Was ist es denn diesmal?"

„Die waren wegen einem Apfel hier. Aber deshalb rufe ich nicht an. Die haben interessante Sachen über die Tote erzählt. Unter anderem, dass ein Taxifahrer Antonia Wiedmann ein Stück mitgenommen hat. Aber sie musste sich wohl übergeben und da hat er sie wieder rausgeworfen."

„Haben Sie zufällig nach dem Namen gefragt?" fragte Herr Wilms mit einem Male sehr geschäftig.

„Ja, natürlich", lächelte Andrea. „‚Omar' aus Jordanien. Ich habe nicht nach dem Nachnamen gefragt, weil Leuters sich schon kaum an den Vornamen erinnern konnten. Und ich… Na ja, ich habe gehofft, dass es hier nicht so viele jordanische Taxifahrer gibt? Lang und dünn soll der sein."

„Ich kümmere mich darum. Haben die noch mehr gesagt?" Herr Wilms war jetzt sehr sachlich.

„Ja..." Andrea zögerte.

„Aber?"

„Na ja, kann ich... kann ich Ihnen das vielleicht wieder bei einem Mittagessen erzählen? Ich habe ein schlechtes Gewissen, wenn ich mich hier fürs Telefonieren bezahlen lasse."

Herr Wilms lächelte: er kannte nicht viele Menschen, die damit Probleme hatten. „Ich könnte Sie auch ganz offiziell hierher einladen?" schlug er vor. Er konnte einen amüsierten Klang in seiner Stimme nicht verhindern.

„Ja, nein... Ja, natürlich könnten Sie das. Aber..."

Herr Wilms lachte: „Schon gut! Dann essen wir zusammen. Ich hole Sie ab." Damit legte er auf. Ein bisschen wunderte er sich über sich selbst: wieso stellte er nicht in Frage, dass Andrea einschätzen konnte, welche Informationen so wichtig waren, dass sie ihm diese sofort gab und welche Infos Zeit bis später hatten? Er freute sich auf das Mittagessen.

„Frau Jansen, Polizeioberkommissar Wilms möchte Sie zum Essen abholen", erklärte Herr Hofmeister in der ihm eigenen korrekten Art.

Erfreut sah Andrea auf. Dann musste sie grinsen: „So früh machen die Mittagspause? Um zehn anfangen und um Punkt zwölf schon Mittag?" Andrea hatte sich vorgenommen, die korrekte, etwas steife Art der Hofmeisters aufzuweichen.

„Sie müssen bedenken, dass die Polizeibeamten auch am Wochenende meist arbeiten müssen, Frau Jansen", erklärte Herr Hofmeister. „Guten Appetit, Frau Jansen", wünscht er.

Andrea meinte, einen ganz leicht süffisanten Zug um Herrn Hofmeisters Mund zu sehen. Aber sie täuschte sich bestimmt. Das traute sie ihm nicht zu.

„Also: ich platze vor Neugier", gestand Herr Wilms, nachdem sie bestellt hatten. Sie saßen am gleichen Tisch in demselben Gasthof wie am vergangenen Tag.

Andrea lächelte, fragte aber statt zu antworten: „Sind Sie eigentlich verheiratet? Oder haben Sie eine Freundin?"

Herr Wilms sah sie überrascht an. Er schüttelte neugierig den Kopf: „Nein. Warum fragen Sie?"

Andrea seufzte: „Mich hat nur das Gesicht von Herrn Hofmeister gewundert, als er mir gesagt hat, dass Sie mich zum Essen abholen."

Herr Wilms grinste belustigt: „Das ging aber schnell! Nehmen Sie das nicht zu ernst. Sie sind hier in einer Kleinstadt. Hier hat man keine Probleme, einen Parkplatz zu finden oder mit Drogenbanden. Hier kümmert man sich vorzugsweise um das Leben der Mitmenschen."

„Ich habe immer gedacht, das wäre nur in Fernsehserien so. – Ich habe nicht alles verstanden, was Leuters erzählt haben. Der Dialekt ist sehr anstrengend für mich. Die haben von diesem Taxifahrer erzählt, dass der der Meinung war, Antonia Wiedmann wäre bekifft. Er hat sie gefunden und mitgenommen. Sie hatte wohl Krämpfe und Halluzinationen. Und als sie sich übergeben hat, hat der Taxifahrer sie wieder rausgeworfen. Und... mehr haben die auch nicht erzählt. Also doch, schon, aber dabei ging es um Kirschen und Vögel oder so. Ach, doch: beim Kloster ‚Hein' hat der Taxifahrer Antonia Wiedmann gefunden... Was ist so lustig?" fragte Andrea erstaunt.

„Nicht ‚Kloster Hein'. Wir haben hier kein Kloster. Der Mann heißt ‚Heinrich – Hein – Kloster'. Hier werden Vor- und Familiennamen schon mal vertauscht. Na ja, eigentlich immer."

„Ach ja: Leuters meinten noch, ‚bekifft' wäre Antonia nicht gewesen. Von Haschisch bekäme man keine Halluzinationen."

Herr Wilms stöhnte: „Wie soll man den Kindern sagen, dass Haschisch verboten ist, wenn die beiden jeden Tag bekifft durch die Stadt fahren? Wenn die das wenigstens heimlich..."

Andrea lachte: „Die kiffen?"

Unzufrieden mit der Situation nickte Herr Wilms nur.

„Das erklärt alles!" überlegte Andrea.

„Ja, schon. Trotzdem wäre es mir lieber, wenn es nicht die ganze Stadt und die Jugendlichen wüssten."

„Ein bisschen Hasch hat noch niemandem geschadet", meinte Andrea leichthin.

„Das habe ich nicht gehört", sagte Herr Wilms scharf, grinste aber.

„Haben Sie den Taxifahrer gefunden?" wechselte Andrea das Thema.

„Ja. Heute Nachmittag kommt der her."

Andrea nickte, dann fiel ihr ein: „Was sagen Sie zum toxikologischen Befund?"

„Zum..." perplex sah Herr Wilms sie an.

„Sie... Sch..." Andrea biss sich auf die Zunge und verfluchte Anna, dass sie ihr nicht gesagt hatte, dass der Befund noch nicht weitergegeben worden war.

„Es tut mir leid", sagte Andrea zerknirscht.

„Steht was Interessantes drin?" fragte Herr Wilms wieder ruhig.

„Antonia Wiedmann ist an einem Pilzgift gestorben. ‚Ergotamin' heißt das Hauptgift von dem Pilz."

„Was für ein Pilz? Ist der hier heimisch?"

„Ja, aber..."

„Das heißt, sie könnte den Pilz gefunden, mit einem anderen verwechselt und..."

Herr Wilms brach ab, weil Andrea den Kopf schüttelte: „Nein, kein Waldpilz. ‚Mutterkorn'. Soweit ich das verstanden habe, wächst der Pilz auf verschiedenen Getreide- und Grasarten. Die Körner verfärben sich schwarz und werden hässlich lang. Wenn das Getreide gemahlen wird, und zu viel von diesem Mutterkorn im Mehl ist..."

„Also wurden wir alle vergiftet und nur sie ist dran gestorben? – Vielleicht eine Wechselwirkung mit dem LSD?" überlegte Herr Wilms.

„Nein. Der Pilz ist für sich giftig genug, dass ein Mensch davon stirbt. Fünf bis zehn Gramm ist die letale Dosis für einen Erwachsenen."

Herr Wilms sah Andrea erschrocken an. Sie beruhigte ihn: „Das Getreide wird kontrolliert und gereinigt. Es kann also kein gekauftes Produkt gewesen sein." Andrea musterte den Polizisten. Die Stirn hatte er in Falten gelegt und stocherte eher unwillig in seinen Bratkartoffeln herum.

„Kann ich Ihnen beim Denken helfen?" fragte sie nach einer Weile. Die Portionen in der Gaststätte waren sehr groß. Aber da der riesige Wirt am Vortag schon missmutig das massige Gesicht verzogen hatte, weil Andrea nicht aufgegessen hatte, zwang sie sich, auch die letzten Pommes Frites zu essen.

„Wie kann es sein, dass Antonia so viel Mutterkorn gegessen hat?"

„Entweder hat sie selber Getreide geerntet, das nicht gereinigt war und irgendwas daraus gebacken. Dann war es ein Unfall. Oder jemand hat ihr verseuchtes Getreide oder Mehl, oder auch Gebäck, Brot gegeben. Dann war es Totschlag oder sogar Mord."

„Also wissen wir, dass sie an Gift gestorben ist. Aber nicht, ob es Mord oder selbstverschuldet war. Dann sind wir nicht weiter", überlegte Herr Wilms unzufrieden.

„Warten Sie mal ab, was der Taxifahrer sagt. Vielleicht hat sie dem was Interessantes erzählt. Außerdem habe ich den Tox-Befund noch nicht ganz gelesen..."

„Nick!" polterte der Wirt durch den ganzen Gastraum.

„Ja?"

„De Hein will nich bezahle! Jestern hat de jesacht, de bezahlt heut! Un nu sacht de, de hat schon wieder kein Jelt."

Herr Wilms entschuldigte sich bei Andrea und ging den Streit schichten. Erstaunt stellte Andrea fest, dass der junge Polizist den selben, kaum verständlichen Kauderwelsch sprechen konnte, wie der Wirt und Leuters. Es schien ihm auch überhaupt keine Mühen zu bereiten.

Kapitel drei

Andrea war begeistert von dem ‚Tante-Emma-Laden' des Dorfes. Das relativ große Geschäft war fast so, wie Andrea sich einen ‚Tante-Emma-Laden' vorstellte. Dass neben Lebensmitteln auch Drogerieartikel und vor allem Diesel, Benzin und Straßenkarten angeboten wurden, passte aber nicht in das Bild, das sich Andrea in ihrer Kindheit von solchen Dorf-Läden ausgemalt hatte. Ein Nachteil des Ladens war, dass es keine Einkaufswagen gab. Die Plastik-Einkaufskörbe waren zu klein, um einen Wocheneinkauf darin zur Kasse zu transportieren. Aber auf dem Weg zur Arbeit fuhr Andrea jeden Tag an dem Geschäft vorbei und konnte kurz anhalten, wenn sie etwas brauchte. Heute suchte sie eine Landkarte der Region mit einem sehr kleinen Maßstab. Alle Straßen sollten verzeichnet sein. Frau Müller, die Inhaberin, stand mit Andrea vor dem Kartenständer und durchsuchte ihr Angebot. Die wartenden Menschen an der Kasse ignorierte sie mit erstaunlicher Gelassenheit. Frau Müller führte den Laden mit ihrer Tochter Lisa, die nebenbei im Fernstudium Einzelhandelskauffrau studierte. Lisas Vater war bei ihrer Geburt abgehauen. Das hatte Andrea alles erfahren, als sie eines Abends sehr spät eingekauft hatte und außer ihr niemand im Laden war.

„Hier, die mein ich!" erklärte die kräftige Frau. Sie präsentierte Andrea eine Regionalkarte. Sie bemühte sich immer, Hochdeutsch zu sprechen, wenn sie mit Andrea sprach, meist gelang ihr das ganz gut. „Nehmen Se die, die is juut."

Andrea nickte zufrieden und bezahlte. Sie hatte sich die Adresse von Antonia Wiedmann aus Hofmeisters Adressregister gesucht. Antonias Lebensgefährte hatte mit ihr zusammen gewohnt und den wollte Andrea besuchen. Einen Grund für den Besuch hatte sie: sie hatte die Leiche gefunden und wollte dem Mann ihr Beileid aussprechen.

Andrea parkte ihren klapprigen Kadett vor dem Haus von Antonia Wiedmann und Jan Meyer. Hohe Büsche zierten den sauberen Vorgarten und schirmten das Haus vor neugierigen Blicken ab. Die Fenster waren ordentlich mit sommerlichen Motiven aus Bastelpapier geschmückt. Andrea klingelte. Nach einer Weile öffnete ein etwa fünfundvierzigjähriger Mann.

„Was... was kann ich für Sie tun?" fragte er verwirrt.

„Jan Meyer?"

„Ja?"

„Ich heiße Andrea Jansen. Ich... kann ich vielleicht einen Moment reinkommen?" Andrea hatte nicht vor, sich schnell wieder zu verabschieden. Sie wollte etwas über die Tote erfahren.

Herr Meyer nickte und trat zur Seite.

„Danke."

Der braungebrannte Mann führte Andrea ins Wohnzimmer. Eine Glasfront trennte das Wohnzimmer von der Terrasse, über die man in den Garten kam.

„Setzen Sie sich." Herr Meyer wies auf ein grünes Sofa.

Er wirkte bedrückt. ‚Traurige Augen', stellte Andrea für sich fest. Auch anderthalb Wochen nach dem Auffinden seiner toten Freundin war er noch traurig.

„Wissen Sie, wer ich bin?" Andrea wusste nicht, wie sie anfangen sollte.

„Nein. Sollte ich?"

Andrea lächelte leicht über sich selbst: „Nein, natürlich nicht. Ich hatte nur gedacht, in einem so kleinen Dorf spricht sich alles schnell rum. Ich... ich habe vor anderthalb Wochen Ihre Freundin gefunden. Ich... Es tut mir sehr leid, Herr Meyer!"

Der Mann nickte und stand auf. Er schenkte sich Cognac aus einer Kristallkaraffe ein. Nachdem er einen Schluck getrunken hatte, fragte er: „Sie auch?"

„Nein, danke. Ich muss noch fahren."

„Etwas anderes? Kaffee?"

Andrea wunderte sich, nahm aber gerne an. Während Herr Meyer Kaffee kochte, sah Andrea sich im Wohnzimmer um. Nichts schien zueinander zu passen: vor dem massiven Kamin stand eine zu weiche, grüne Couch-Garnitur, der Wohnzimmertisch bestand aus eher filigranem Wurzelholz. In den Glasvitrinen an den Wänden standen viele Fotos in den unterschiedlichsten Rahmen. Ein paar Bücher und kitschige Urlaubserinnerungen waren um die Fotos verteilt. Herr Meyer stellte ein gläsernes Tablett auf den Tisch und schenkte Andrea Kaffee ein in eine rosa gemusterte Tasse.

„Nehmen Sie sich Milch und Zucker, wie Sie brauchen", sagte er, während er hinter einem Sessel stehen blieb. Er starrte mit dem Glas Cognac in der Hand in den Garten.

„Ich versteh es immer noch nicht…" begann der Mann. „Wieso… Sie hat nie Drogen genommen! Die Polizei hat das gefragt. Sie hatte immer gute Laune! Immer! Aber… sie brauchte keine Drogen dafür! Kennen Sie solche Menschen? Die immer gute Laune haben? So Sonnenscheinchen? So war sie! Und dazu brauchte sie keine Drogen! Aber das wissen die Leute doch! Die kannten sie doch!? Die wussten doch, dass Toni keine Drogen braucht, um gute Stimmung zu verbreiten…"

„Wie lange kannten Sie Antonia?" unterbrach Andrea den Mann vorsichtig.

Irritiert, als hätte er Andrea vergessen, sah er sie an. „Äh… seit 13 Jahren."

„Sie sind nicht hier aufgewachsen?"

„Nein. Toni schon. Sie hat immer von hier geschwärmt. Und weil sie nie zu mir ziehen wollte, bin ich also zu ihr gezogen... vor acht Jahren."

„Wo haben Sie vorher gewohnt?"

„In Duisburg. Sie hat Seminare über kreatives Wohnen gemacht. So haben wir uns kennengelernt. Sie hatte immer so viel gute Laune. Sie... Kannten Sie sie?"

„Nein."

„Sie... sie..." Herr Meyer schüttelte unglücklich und ungläubig den Kopf. Er ließ sich auf einen Sessel fallen.

Der Mann tat Andrea leid. Er wusste nichts mit sich anzufangen und fühlte sich alleingelassen. Aber sie wollte ihn nicht trösten. Das sollten andere tun. Leute, die sich in diesem seltsamen Stil-Wirr-Warr nicht so beengt vorkamen wie sie. Trotzdem fragte sie: „Sind Sie jetzt ganz alleine hier? Ich meine... Haben Sie Freunde hier?"

„Ja... ja... Die Menschen hier sind sehr nett und kümmern sich sehr umeinander. Das werden Sie auch noch merken ..." Er brach ab, weil seine Stimme zitterte.

„Können Sie sich denn erklären, warum Antonia Drogen im Blut hatte?"

Unglücklich sah der Mann Andrea an: „Nein! Überhaupt nicht. Woher soll sie die gehabt haben? Die muss ihr jemand verabreicht haben. Warum?"

Ratlos zuckte Andrea die Schultern. Aber sie war neugierig genug, um das herauszufinden.

„Konnte Antonia backen?" Das war eine wenig sensible Vorgehensweise. Aber Andrea fand einfach keine andere Möglichkeit, um herauszubekommen, ob Antonia sich selbst vergiftet hatte oder von jemand anderem vergiftet worden war. Es durfte nicht zu auffällig sein. „Nein! Warum?" fragte Herr Meyer leicht perplex.

„Ich hatte gedacht, in der Küche selbstgebackenes Brot gesehen zu haben?"

„Nein, nein. Wir backen nie... haben nie gebacken. Jetzt ja sowieso nicht mehr. Meine Cousine hat mir gestern das Brot gebracht."

„Backen Sie gar nichts? Auch keinen Kuchen? Oder mal Sonntagsbrötchen?"

„Nein. Wir haben nie gebacken. Manchmal backe ich. Aber nur ganz selten. Zu ihrem Geburtstag!" Seine Augen leuchteten auf, wurden aber sofort wieder traurig: „Aber das war vor fast einem Jahr. Im Oktober hat... hatte sie Geburtstag."

„Und Pfannkuchen oder so was?"

„Nein... Warum fragen Sie?"

„Äh... Meine Mutter kann so gut backen. Aber ich kann es gar nicht. Und ich hatte gedacht..."

„...dass ich Ihnen das beibringen kann? Nein, tut mir leid. Wir haben meist noch nicht mal Mehl hier. Toni wollte das nicht."

‚Danke!' seufzte Andrea gedanklich. „Warum?" fragte sie erstaunt. Sie hatte die Information, die sie haben wollte, wollte das Gespräch aber nicht einfach so abbrechen.

„Sie hat schlechte Erinnerungen aus ihrer Kindheit. Sie musst bei ihrer Oma immer die Mehlmaden oder so was aus dem Mehl sammeln."

Andrea ließ sich seufzend auf ihr Sofa fallen. In der Küche brieten Backofenkartoffeln mit Gemüsefenchel und Rosmarin. Es würde noch vierzig Minuten dauern, bis ihr Abendessen fertig war. Andrea suchte im toxikologischen Befund die Stelle, an der über Antonias Mageninhalt berichtet wurde. Ein knochenerweichendes Kreischen ließ sie zusammenfahren. Es klang wie Fingernägel auf einer Tafel... oder wie Krallen an einem Fenster!

„Mistvieh!" schimpfte sie. Sie wendete sich wieder dem Bericht zu und ignorierte die Katze auf der Fensterbank.

Der Gerichtsmediziner hatte geringe Mengen des Giftes im Mageninhalt gefunden.

„Verdammtes Mistvieh!" schimpfte Andrea und stand auf. In einer unglaublichen Lautstärke miaute die Katze vor dem Fenster. Sie machte keine Anstalten, das irgendwann zu unterlassen. Andrea konnte sich bei dem Gejammer nicht konzentrieren, also ließ sie sie rein. Mit zufriedenem Grinsen und freudig erhobenem Schwanz trat die Katze durch das Fenster. Sie blieb innen auf der Fensterbank sitzen. Scheinbar sollte Andrea sich über den Besuch freuen. Tat sie nicht.

„Entscheid dich: rein oder raus! Aber ich muss das Fenster zu machen, weil sonst Viecher reinkommen. Siehst du ja: du sitzt auf der Fensterbank."

Die Katze warf Andrea einen finsteren Blick zu, sprang dann ins Zimmer und ging in die Küche.

„Ach, du verstehst mich also! Es gibt noch nichts zu essen!" erklärte Andrea und legte sich wieder auf das Sofa. Als die Katze anfing, den Kühlschrank – oder was auch immer in der Küche, Andrea konnte es nicht sehen – anzumiauen, gab Andrea der Wohnzimmertüre einen Tritt. Sie fiel ins Schloss und Andrea war zufrieden: sie hörte die Katze kaum noch.

Andrea wandte sich wieder dem toxikologischen Befund zu. Sie fragte sich, wieso nur Antonia vergiftet war. Sie musst etwas anderes gegessen haben, als die anderen Gäste. Oder ihr Essen war geschickt vergiftet worden.

„Elendes Miststück!" schimpfte Andrea und sprang auf. Die Katze saß nun jammernd vor der geschlossenen Wohnzimmertüre. Sie unterstrich ihr Jammern mit den Krallen am Holzrahmen.

„Was willst du?" fuhr Andrea die Katze an. Zufrieden, dass ihr die Tür geöffnet wurde, trat die Katze ein, sah sich im Raum um und entschied dann, es sich auf dem Sofa gemütlich zu machen. Sie wählte den toxikologischen Befund als Ruheplatz. Andrea kochte vor Wut. Sie überlegte schon, wo sie ihre Arbeitshandschuhe hingelegt hatte, als das Telefon klingelte.

„Hast du ein Glück", knurrte sie.

Die Tage bis zum Wochenende verliefen ruhig und ohne große Neuigkeiten oder Aufregungen. Andrea studierte nach der Arbeit den toxikologischen Befund und den Obduktionsbericht. Die Experten datierten den Vergiftungszeitpunkt zwischen 14 und 16 Uhr am Sonntagnachmittag. Um 15 Uhr hatte die Geburtstagsparty mit einem Kuchenbüfett angefangen. Der Toxikologe gab an, dass dreieinhalb bis viereinhalb Stunden vom Zeitpunkt der Vergiftung bis zum Tod verstrichen sein mussten. Der geschätzte Todeszeitpunkt zwischen 18:30 bis 19:30 Uhr passte zu der Annahme. Die Teigreste in Antonias Magen bestanden aus Weizenmehl und waren zuckerhaltig. Auf der Party hatte es Kuchen gegeben. Aber davon hatten alle Gäste gegessen. Also war es Zufall, dass Antonia gestorben war? Andrea hoffte nicht: nichts war unheimlicher und unberechenbarer als ein zufällig mordender Mensch.

Die Katze besuchte Andrea jeden Abend. Wenn sie so lange jammernd vor Andreas Fenster gesessen hatte, dass Andrea sich Sorgen machte, was die Nachbarn dachten, ließ sie sie rein. Andrea schaffte es nicht, sich so taub zu stellen, dass sie der Katze nicht das Fenster öffnete. Die gegenseitigen Erziehungsversuche zwischen der Katze und Andrea wurden von beiden Seiten ignoriert und boykottiert. Andrea sah es nicht ein, der Katze Futter zu geben, wenn sie selbst noch nichts zu essen hatte, und die Katze bestand darauf, dass Andrea während des Essens nicht las. Die Katze rächte sich für das unpünktliche Servieren des Essens, indem sie sabotierte, was Andrea gerade tat, und Andrea revanchierte sich, indem sie die Katze eisern ignorierte und sich etwas anderes suchte, was sie tun konnte. Und sie transportierte die Katze mit Hilfe ihrer Arbeitshandschuhe vor die Türe, wenn es ihr zu bunt wurde. Manchmal passierte das früher, manchmal später.

„Maria!" brüllte Jo Peters quer durch den Kuhstall. Andrea, die Eva am Samstagmorgen wieder im Stall half, fuhr erschreckt zusammen.

Jo grinste: „Du bist ja schreckhafter als die Kühe!?"

Andrea bedachte ihn mit einem finsteren Blick und fuhr fort, das Futter in die Förderschnecke der Fütterungsanlage zu schaufeln.

„Wo ist Maria?" fragte er.

„Bei den Kälbern. Eins von denen scheint krank zu sein."

„Sch…" murmelte Jo und stapfte davon, Richtung Kälberstall.

„Was ist mit dem Kalb?" fragte Andrea beim Frühstück. Sie hatte wieder das Gefühl, noch nie etwas so Leckeres wie das Frühstück bei Eva und Jo gegessen zu haben.

„Keine Ahnung", nuschelte Eva kauend. „Benimmt sich nur ein bisschen komisch. Wenn es heute Abend noch nicht besser ist, ruf ich Glebben-Paul an."

„Tierarzt", erklärte Jo. „Hat vielleicht nur was Falsches gefressen. Auf `ne Wanze gebissen oder so", brummte er.

„Weißt du, ob die Polizei mit Antonias Tod weiter ist?" fragte Eva neugierig.

Andrea zögerte.

Jo merkte es: „Sag schon, sonst fragen wir Nick", grinste er.

‚Polizeioberkommissar Nick Wilms', fiel Andrea ein.

„Wir waren schon zusammen im Kindergarten", erklärte Jo.

„Die Welt ist ein Dorf", stellte Andrea fest, froh, das Thema wechseln zu können.

„Vor allem unsere", grinste Jo anzüglich. „Du warst diese Woche zweimal mit ihm Essen. Warum?"

Perplex sah Andrea ihn an.

„Was? Echt?" fragte Eva neugierig.

Andrea seufzte: entweder wurde sie jetzt nach polizeilichen Ermittlungen gefragt, oder ihr wurde eine Affäre mit dem Polizisten angedichtet. Beides wollte sie nicht.

„War es privat oder beruflich?" fragte Eva nach.

Andrea überlegte, wie sie da herauskam.

„Also privat? Da musst du aber vorsichtig sein: Nick ist ziemlich begehrt", warnte Eva, die immer mehr Spaß an dem Thema fand.

Jo ließ seine Frau machen: sie würde schon herausfinden, was während der beiden Essen passiert war.

Andrea seufzte erneut: „Nein, es ging um Antonia Wiedmann."

„Oh", rief Eva gespielt überrascht.

Andrea sah sie grinsend an: „Tu nicht so! So gut kenn ich dich immerhin schon."

Eva grinste hinterhältig: „Und worum genau? Wir sind hier sehr katholisch, weißt du? Und ich könnte mich gezwungen sehen, deinem Freund von deinen beiden Rendezvous zu erzählen, wenn du mich nicht überzeugst, dass es nicht privat war."

Andrea sah Eva sprachlos an. Ein hilfesuchender Blick zu deren Mann ließ sie resignieren: Jo war genauso neugierig wie Eva und verheimlichte das auch nicht. „Sie hatte... Könnt ihr mir was über Mutterkorn erzählen?"

Jos Miene wurde starr: „Warum?" fragte er hart.
Irritiert erklärte Andrea: „Nur so... Antonia..."

„Verdammt!" fuhr Jo auf. Er schlug mit der offenen Hand auf den Tisch und sprang auf: „Das hätte ich nicht von dir gedacht, Andrea! Ehrlich nicht! Verdammtes, hinterhältiges Pack!" schimpfte der Hüne und stapfte wütend aus der Küche.

„Was hab ich getan?" fragte Andrea kleinlaut, nachdem Jo die Küchentüre zugeschlagen hatte.

„Warum fragst du nach Mutterkorn?" Auch Eva war plötzlich sehr reserviert.

„Antonia ist an Gebäck gestorben, in dem Mutterkorngift war. Bitte behalt das für dich. Ich darf das gar nicht wissen."

„Ja, natürlich", murmelte Eva. „Scheiße!" schimpfte die zierlich wirkende Frau. Wütend begann sie den Tisch abzuräumen. Andrea hielt noch ihr angebissenes Brot in der Hand. Betroffen beobachtete sie Eva.

„Eva, ich weiß nicht, was ich falsch gemacht habe. Sagst du es mir bitte?"

Eva atmete tief durch und drehte sich zu Andrea um: „Wir hatten oft Probleme mit Antonia. Sie war in einer ziemlich radikalen Umweltgruppe, hier in der Region. Und sie hat uns immer wieder vorgeworfen, genverändertes Getreide anzubauen. Wir hatten immer Probleme mit ihr."

„Du meinst... ihr bekommt jetzt Probleme mit der Polizei?"

„Etwa nicht?"

„Sie kann dieses vergiftete Mehl doch auch selbst..."

Eva schüttelte den Kopf: „Antonia nicht. Sie hat gekocht, wenn sonst niemand für sie gekocht hat, aber gebacken... nie! Niemals! Sie hielt das für eine Art ‚Unterdrückung der Frau'. Sie hat überall und bei jeder Gelegenheit erzählt, dass sie niemals Mehl im Haus hat und es auch niemals anfasst. Und dass sie nicht versteht, wieso Frauen nur backen könnten. Ihre Freundinnen haben gerne gebacken. Warum die sich immer diesen Schwachsinn angehört haben, weiß ich nicht. Es war manchmal echt unmöglich, was die da gesagt hat."

„Hat sie nur euch vorgeworfen, genverändetes Getreide anzubauen?" fragte Andrea vorsichtig.

„Mmh? Nein, anderen auch. Aber..."

„Aber was?"

Ungeduldig schüttelte Eva den Kopf: „Du kennst Antonia nicht! Und du kennst Jo nicht. Nicht, wenn er wütend ist. Er kann sehr wütend werden. Und Antonia konnte so was richtig provozieren. Sie hatte Spaß daran. – Es... Es ist besser, wenn du jetzt gehst, Andrea."

Andrea erschrak. Ungläubig und hoffend, sie hätte sich verhört, sah sie Eva an.

„Es ist wirklich besser, wenn du jetzt gehst."

„Aber..." Andrea war so froh gewesen, Freunde gefunden zu haben.

„Morgen wird er sich beruhigt haben", fügte Eva leise hinzu.

„Scher dich von meinem Hof!" brüllte Jo Andrea am nächsten Morgen an.

Andrea wollte Eva wieder im Stall helfen. Wie angewurzelt blieb sie stehen. Erschrocken starrte sie ihn an.

„Scher dich hier weg!" brüllte er wieder.

Unsicher ging Andrea ein paar Schritte rückwärts. Eva kam dazu, und Andrea hoffte, eine Erklärung für den Rauswurf zu bekommen, oder dass Eva ihren Mann beruhigte. Aber Eva stellte sich nur stumm neben den wütenden Hünen. Sie sah Andrea feindselig an.

„Aber... Ich... Was..." stotterte Andrea. Sie verstand nicht was passierte.

„Geh, Andrea. Und komm nicht wieder her!" sagte Eva ruhig.

Nur kurz überlegte Andrea nachzufragen warum, dann drehte sie sich um und ging. Sie würde keine Antworten von Eva und Jo bekommen.

„Verdammt!" schimpfte Andrea. Sie saß auf ihrem Sofa und ging immer wieder die Situationen mit dem Ehepaar Peters durch. Sie fand nicht heraus, was passiert war. Die Katze profitierte von Andreas Überlegungen: ganz automatisch kraulte Andrea sie. Bei Andreas Ausruf schreckte die Katze zusammen. Sie sah Andrea an, aber nicht mit der üblichen Feindseligkeit, die Andrea schon gewohnt war. Neugier und Aufforderung schien in ihrem Blick zu liegen.

„Warum nicht", seufzte Andrea nach einer Weile. „Ich kann sowieso besser denken, wenn ich es jemandem erzähle." Andrea erzählte der Katze also in sehr wirren Sätzen, was passiert war. Sie achtete nicht auf logische Zusammenhänge zwischen den Sätzen, sie sprach einfach laut aus, was sie dachte.

„Brrruh", meinte die Katze nach einer Weile. Sie sah Andrea zufrieden an.

Andrea sah auf die Katze herab: „‚Jemand anderes hat die beiden auch mit Antonias Tod in Verbindung gebracht'?" formulierte Andrea erstaunt den Gedanken, der aus dem Nichts in ihrem Gehirn auftauchte.

„Wer?" Sie sah die Katze an.

‚Der LKA-Idiot!'? tauchte in ihrem Kopf auf.

„Scheiße", schimpfte Andrea wieder. ‚Kann sehr wütend werden', ‚konnte so was richtig provozieren. Sie hatte Spaß daran', fielen Andrea Evas Sätze ein.

„Aus Wut vergiftet?" überlegte Andrea wieder laut.

„Brrrau!" machte die Katze.

„Mmh, hast Recht: das ist Quatsch! Vor allem bei Jo... Eva...?"

„Brrruh!" machte die Katze bestimmt.

Andrea wollte dem Satz ‚Das ist auch Quatsch!'
der in ihrem Kopf auftauchte, gerne glauben. Aber
wenn Eva Antonia loswerden wollte, es nicht mehr
hatte ertragen können, wie Antonia ihren Mann
zur Weißglut brachte? Sie hatte gesehen, dass Eva
sich bedingungslos hinter Jo stellte, wenn es darauf ankam.

„Hat Fabian sich gemeldet?" wollte Anna wissen. Andrea hatte ihrer Freundin schon von allen
Neuigkeiten Antonia Wiedmann betreffend erzählt.
Anna hatte nicht viel dazu gesagt. Was hätte sie
auch sagen sollen? Sie nahm Andrea das Versprechen ab, vorsichtig mit allen Mehlprodukten zu
sein und wollte die polizeilichen Ermittlungen be-
obachten. Und sie wollte nach Vorstrafen gucken.
Das hielt Andrea zwar für übertrieben, aber sie
konnte Anna nicht davon abbringen.
„Hat Fabian sich gemeldet?" fragte Anna erneut.
„Ja, hat er."
„Und was hat er gesagt?" bohrte Anna weiter.
„‚Mir geht es echt gut!' , ich geh gleich zusammen mit Günter essen', ‚Günter und ich haben so
viel zu tun, dass wir bald einen neuen Anwalt ein-
stellen müssen', ‚ich bin die ganze Woche immer
zusammen mit Günter essen gegangen', ‚unsere
Kanzlei läuft echt gut', ‚wir suchen den neuen Anwalt zusammen aus', ‚Günter holt mich morgens
immer ab und wir fahren zusammen zur Kanzlei,
gestern hat Günter mir Kaffee angeboten'", äffte

Andrea ihren Freund nach. Bitterkeit schwang in ihrer Stimme mit.

Anna schwieg eine Weile. Sie räusperte sich und fragte dann vorsichtig: „Kann es sein, dass Fabian ziemlich tief in einer bestimmten Körperöffnung auf der Rückseite deines Vaters sitzt?"

„Mmh…" brummte Andrea. „Und ich glaube, es gefällt beiden sehr gut! – Vielleicht bin ich deshalb hier: so bin ich aus dem Weg, und Fabian kann es sich in dieser ‚bestimmten Köperöffnung' meines Vaters richtig schön bequem machen. Und ich zieh ihn nicht immer wieder raus."

„Außerdem wolltest du ja nicht ‚sauberes' Wirtschaftsrecht sondern ekliges ‚Strafrecht' studieren. Als wenn die heiligen Wirtschaftskriminellen weniger dreckig wären, als ein dahergelaufener Dieb", murrte Anna.

Andrea nickte, obwohl es niemand sehen konnte: der ewige Streit zwischen ihr auf der einen und Fabian und ihrem Vater auf der anderen Seite. Aber was nützte das, wenn Andrea hier war, abgeschoben, fünf Autostunden von Zuhause weg?

„Kommst du mich mal besuchen?" wechselte Andrea das Thema.

„Ich arbeite dran. Du weißt: das ist im Moment ein bisschen schwierig. Aber ich bin dabei, mir ein Wochenende freizumachen."

Ihr Handy signalisierte eine SMS, als Andrea am Montagmittag mit ihrem belegten Brötchen und einer Nussecke an einem Tisch in der Bäckerei saß.

‚Swantje Twanstedt, Bäckermeisterin, ist registriert. Körperverletzung, 2005 in Roermond (NL)' schrieb Anna.

Andrea sah erstaunt zu der freundlichen, friedlich wirkenden Bäckerin hinter dem Tresen. Diese liebe Frau sollte jemanden verletzt haben? Aber sicher nur in Notwehr.

„Rei", klang es geschäftig aus Andreas Handy.

„Erzähl's mir, Königin", seufzte Andrea. Als sie noch in der Schule gewesen waren, hatte sie Anna damit geärgert, wenn sie ihren Nachnamen ins Deutsche übersetzte, aber Anna hatte sich daran gewöhnt.

„Ja, ich gucke gerade nach. Sekunde", meinte Anna. „Hier: ach… Scheiße! Vergiss es! Sie hat für eine Geburtstagsfeier in einer Großbäckerei Tiramisu gemacht. Sie hat frische Eier verwendet und eins davon war schlecht. Keine Absicht erkennbar."

„Wird so was nicht mit einer Bewährungsstrafe belegt? Außerdem ist das doch längst verjährt, liebste…"

„Ja, ja, ich weiß! Sorry, vergiss es einfach", unterbrach Anna sie schnell, um eine Strafpredigt über abzuwenden.

Andrea grinste: „Danke, Anna. Frau Twanstedt hat die einzige Bäckerei in dem Dorf hier und hier geh ich immer Mittagessen."

Anna lachte: „Tut mir leid, Kleine! Aber ich glaube nicht, dass du jetzt Angst um Leib und Leben haben musst, wenn du da isst."

„Hast du sonst noch irgendwas?"

„Nein, nichts. Na ja, so Kleinkram: zu schnell gefahren, falsch geparkt, Trunkenheit am Steuer und in der Öffentlichkeit, so was halt."

„Mmh, okay. Danke."

„Ach ja: da, euer... Heinrich, LKA, hat einen Haftbefehl für Peters, Joachim..."

„Jo? Schwachkopf!"

„Warum?"

„Ich kenne Jo. Dem gehört der Hof, auf dem ich am Wochenende ein bisschen geholfen habe. Jo ist aufbrausend, impulsiv. Wem will der Schwachkopf erklären, dass Jo Antonia ‚im Affekt vergiftet' hat? So ein Schwachsinn!"

Anna kicherte: „‚Im Affekt vergiftet'? Wenn der das einem Staatsanwalt erzählt, bekommt der einen Freifahrtsschein in die Geschlossene!"

„Da gehört der auch hin", grollte Andrea. Sie sah auf ihr lecker belegtes Brötchen. Ihr war der Appetit vergangen. Sie zwang sich trotzdem, es zu essen: sonst würde sie später zu viel Hunger haben.

„Warum wollte Heinrich Jo verhaften?"

„Wieso ‚wollte'? Hat er nicht?"

„Nein", nuschelte Andrea kauend. „Der lief gestern ziemlich frei auf seinem Hof rum. Aber Heinrich war wohl schon da aufgetaucht."

„Hmm... Vielleicht steht der unter Arrest? Im Haftbefehl steht was von ‚Morddrohungen'. Es werden mehrere Zeugen aufgeführt."

„Was für Morddrohungen?"

„Keine Ahnung. Mehr steht hier nicht."

Andrea seufzte: „Mist! Aber der würde die Frau erschlagen oder so was! Nicht vergiften."

„Frau Jansen, trinken Sie einen Kaffee mit mir?" rief Frau Twanstedt Mittwoch von der Theke aus.

Andrea sah sie erstaunt an. Montag und Dienstag hatte Frau Twanstedt Andrea nur sehr unfreundlich bedient. Andrea wusste nicht, warum die sonst so freundliche Frau so schlechte Laune gehabt hatte. Auch die anderen Kunden wurden sehr missmutig und abweisend behandelt. Aber heute schien alles vergessen zu sein.

„Ja, gern", rief Andrea zurück. Sie schob die Zeitschrift, in der sie geblättert hatte, zur Seite und holte Zucker vom Nachbartisch. Sie wusste, dass Frau Twanstedt ihren Kaffee mit Zucker trank.

„Haben Sie gehört, dass das LKA Peters-Jo verhaften wollte?" sagte Frau Twanstedt und setzte sich Andrea gegenüber an den Tisch.

„Ja, ich habe es gehört", murmelte Andrea.

Es folgte ein langer, aufgeregter Monolog von Frau Twanstedt, warum diese Verhaftung unglaublich und eine Frechheit gegenüber einem so netten Mann war. Andrea nickte nur zustimmend an den richtigen Stellen. Sie erfuhr, dass Herr Wilms die U-Haft in einen Arrest hatte umwandeln können.

„Es ist unglaublich, dass Peters-Jo so was zugetraut wird! Man sollte dagegen vorgehen!" erregte sich Frau Twanstedt immer wieder. Sie erschien Andrea erstaunlich engagiert. Aber Andrea wollte schließlich auch nicht, dass Jo wegen diesem Mord verdächtigt wurde. Und die Bäckerin kannte die Peters länger als Andrea.

„Frau Twanstedt?" Herr Heinrich stand mit einem Polizisten in Uniform an der Theke.

Frau Twanstedt sprang auf: „Ja. Entschuldigung, ich habe Sie gar nicht..."

„Swantje Twanstedt?" unterbrach der Beamte die Frau unpersönlich.

Andrea lief es kalt den Rücken runter.

„Ja?" antwortet Frau Twanstedt vorsichtig.

„Sie müssen uns zur Wache begleiten."

„Warum? Nein, das geht nicht", rief Frau Twanstedt etwas zu emotional.

Andrea konnte nicht still sitzen bleiben. Sie stellte sich hinter die aufgeregte Bäckerin. „Hallo Herr Heinrich. Frau Twanstedt ist alleine in der Bäckerei. Sie..."

„Ach, die besserwisserische Anwaltsanwärterin", säuselte Herr Heinrich. „Hallo Frau Jansen. Frau Twanstedt steht unter Mordverdacht, und ich kann sie mitnehmen, wohin ich will! Das muss ich sogar..."

„Das ist Schwachsinn..." fauchte Andrea.

Sie wurde wieder von Herrn Heinrich unterbrochen: „Frau Twanstedt ist wegen Körperverletzung vorbestraft. Es war ein ganz ähnlicher Fall! Sie hat die neue Freundin ihres Exmannes vergiftet. Und jetzt hat sie Antonia Wiedmann vergiftet. Den Zusammenhang müssten sogar Sie verstehen! Kommen Sie, Frau Twanstedt!" wandte der arrogante Widerling sich an die in sich zusammengesunkene Frau.

„Warten Sie", rief Andrea. „Sie ist vorbestraft?"

„Ja, ist sie!" erwiderte der Schnösel schnippisch. Da Andrea ihn betont zweifelnd ansah, sah er sich tatsächlich genötigt, hinzuzufügen: „Sie hat zwei Jahre auf Bewährung bekommen."

„Die ist..." Andrea bremste sich im letzten Moment, dem Beamten mitzuteilen, dass sie wusste, dass die Straftat längst verjährt war. „Welches Motiv hat sie denn?" wollte Andrea wissen.

„Das finde ich raus. Deshalb kommt sie ja jetzt in U-Haft. ‚U' steht übrigens für ‚Untersuchung'. Sie sollten sich gut überlegen, ob Sie Ihr Brötchen wirklich noch essen wollen."

Andrea hielt sich gerade noch zurück, ihm an die Kehle zu springen. Er zog Frau Twanstedt ein

Stück weiter, aber Andrea rief noch mal: „Einen Moment noch. Frau Twanstedt, soll ich irgendwen anrufen? Wegen der Bäckerei?"

„Ja, meine Schwester, Bea Brookjeman. Die Nummer steht da in dem Buch."

Frau Twanstedt sah so unglücklich aus, dass Andrea ihr nachlaufen wollte. Eine kräftige Hand auf ihrem Arm verhinderte das. Erstaunt sah Andrea auf die Hand. Herr Wilms stand neben ihr und hielt sie fest: „Es bringt nichts", sagte er ruhig.

Andrea saß mit Polizeioberkommissar Wilms an einem Tisch in der Bäckerei. Sie tranken Kaffee. Andrea regte sich auf und Herr Wilms hörte geduldig zu. Andrea hatte Frau Twanstedts Schwester angerufen. Sie würde in drei Stunden da sein und die Bäckerei übernehmen. Herrn Hofmeister hatte Andrea gebeten, ihr bis dahin frei zu geben: sie wollte die Bäckerei nicht schließen. Herr Hofmeister war sofort einverstanden und hatte nach allen Umständen der Verhaftung gefragt. Er wollte sich um Frau Twanstedt kümmern bis ihr Anwalt da war.

„Glaubt der wirklich, dass Frau Twanstedt Antonia umgebracht hat? Wie hat der die Polizeischule geschafft? Wie hat der die Realschule geschafft? Weiß der überhaupt, was der der Frau antut mit dieser Verhaftung? Das kann sie die Bäckerei kosten!"

„Der braucht Erfolge, Ergebnisse für seinen Vorgesetzten."

„Und dann verhaftet der einfach so hier mal einen und da mal einen? Wie soll das denn funktionieren? Joachim Peters hat das Motiv, Frau Twanstedt die Gelegenheit und Jo hat sie beauftragt? ‚Bring die doch mal um, die geht mir auf die Nerven? Ich kauf auch den Rest meines Lebens Brötchen bei dir?' Oder wie?"

Der Polizeioberkommissar musste lachen: „Sie sind ja richtig wütend. Für eine Anwältin sind sie zu emotional, meinen Sie nicht?"

„Ich bin keine Anwältin, ich darf emotional sein", knurrte Andrea.

„Aber Sie wollen doch Anwältin werden, oder nicht?" –

„Ja… Und dann wäre das hier eine echte Niederlage. Ich kann gut mit Niederlagen leben, ehrlich. Aber sie müssen ein bestimmtes Niveau haben! Und fair sein! Die Straftat ist verjährt! Der darf das gar nicht wissen! Das darf gar nicht mehr im System stehen! Verdammt! – Eine Niederlage macht Spaß, wenn sie ehrlich ist: man muss seine Intelligenz anstrengen, um aus der Niederlage einen Sieg zu machen. Aber wegen Dummheit, Dreistigkeit, Ignoranz und Arroganz der Gegenseite zu verlieren, macht mich wütend! Der Schwachkopf braucht Erfolge und die, die er schützen sollte, leiden darunter!"

Herr Wilms musterte Andrea einen Moment erstaunt: „So sehen Sie das? Er benutzt Schutzbefohlene…"

„Missbraucht'!" verbesserte Andrea düster. Sie schenkte sich die fünfte Tasse Kaffee ein.

„Er könnte auch ‚Schutzbefohlene' schützen, indem er Swantje als Giftmörderin aus dem Verkehr zieht, damit sie nicht noch mehr Leute mit vergiftetem Brot oder Kuchen oder so was umbringt. Sie hat immerhin eine Bäckerei."

Andrea sah den Polizisten überrascht an. Sie schwieg.

„Denken Sie, sie hat Antonia umgebracht?"

„Sie wissen, dass es unwesentlich ist, was ich denke."

„Ja, ich weiß", seufzte Andrea. „Scheiße!" schimpfte sie wieder. „Warum sitzt Jo nicht in U-Haft? Sie haben doch einen Haftbefehl."

Erstaunt kicherte Herr Wilms: „Ihre Quelle ist wirklich gut! Ich habe Heinrich davon überzeugen können, dass Jo den Hof nicht verlassen wird."

„Sehr gut."

„Was denken Sie?" fragte Herr Wilms, als Andrea nicht weiter sprach.

„Ich bin aus persönlichen Gründen sauer auf Heinrich. Er ist ein… Sie wissen schon. Nicht, dass Sie mich wegen Beamtenbeleidigung verhaften müssen", Andrea grinste. Dann fuhr sie fort: „Ich habe die Peters zufällig kennengelernt und denen dann am Wochenende im Stall geholfen. Ich war froh, dass ich am Wochenende bei denen sein konnte: ich kenne hier doch niemanden. Wir haben auch über Antonia gesprochen und dass die immer Probleme miteinander hatten. Samstagmorgen habe ich die gefragt, was die mir über Mutterkorn sagen können. Da sind die ausgeflippt. Das hatte irgendwie mit genverändertem Getreide und Mutterkorn zu tun."

„Scheiße! Und Samstagnachmittag will Heinrich ihn wegen Mordes an Antonia verhaften."

„Mmh", machte Andrea. „Eva hatte Samstag gemeint, es wäre besser, wenn ich gehen würde. Aber Sonntag hätte Jo sich wieder beruhigt. Er hat mich Sonntag vom Hof gejagt... Aber Jo wegen Giftmord zu verhaften..."

„...ist Quatsch! – Jo hat Antonia einige Male schlimm beschimpft. Vor einigen Wochen hat Antonia ihm auch noch irgendeine Studie gezeigt, da ist er so ausgerastet, dass er auf sie losgehen wollte. Es war Kirmes und er hatte Einiges getrunken. Außerdem war Eva nicht dabei, dann wäre er ruhiger gewesen."

„Hat er ihr was getan?"

„Nein. Wir haben ihn mit ein paar Mann festgehalten. Aber er hat über den ganzen Platz gebrüllt, dass er Antonia umbringen wollte. Das hat natürlich das ganze Dorf gehört. Und seit Heinrich jetzt offiziell wegen Mordes ermitteln darf, fragt er jeden nach Mordmotiven. So ist er sehr schnell auf Jo gekommen. – Um ehrlich zu sein, wäre ich sofort zu ihm gefahren, wenn Antonia mit eingeschlagenen Schädel im Graben gelegen hätte. Aber Gift?"

„Ist..." Andrea stockte. Vorsichtig fragte sie: „Können wir mal ganz emotionslos überlegen? Auch wenn es... schrecklich ist?"

„Ja, sicher", meinte Herr Wilms erstaunt.

„Kann... kann Eva sie vergiftet haben? Also... ich meine... Scheiße! Lassen Sie uns nur mal..."

„Sagen Sie schon!"

Andrea seufzte. Sie hatte Eva gegenüber ein schlechtes Gewissen. „Kann sie Antonia vergiftet haben, damit Antonia Jo nicht immer so wütend macht? Sie... na ja... vielleicht, weil sie bald ihr Baby bekommt und... dass der Vater nicht irgendwann wegen Körperverletzung im Gefängnis landet? Sie steht absolut hinter Jo. Das habe ich am Sonntag gesehen."

„Ja, das tut sie", überlegte Herr Wilms, dann stöhnte er: „Sagen Sie das niemals, wenn der LKA-Affe das hört. Und Sie nicht ganz sicher sind! Das wäre denkbar – grundsätzlich. Aber..."

„Sagen Sie jetzt nicht, dass Sie ihr keinen Mord zutrauen", unterbrach Andrea den Polizisten.

„Nein, nein, natürlich nicht. Mein Problem ist ein anderes: Eva war nicht auf der Party. Wie soll sie Antonia vergiftetes Gebäck gegeben haben? Das wäre jedem aufgefallen: die waren so zerstritten... Antonia hätte von Peters auch niemals irgendwas angenommen. Sie hat denen vorgeworfen, genveränderte Pflanzen anzubauen und hätte Angst gehabt, etwas von denen zu essen."

„Vielleicht über einen Dritten?"

„Das wäre jedem aufgefallen. Nein. Jeder hätte mir sofort davon erzählt, wenn es so gewesen wäre. Und wir haben alle nach ungewöhnlichen Sachen gefragt. – Es sei denn, derjenige war eingeweiht. Dann hätten wir einen Komplizen."

„Wen?"

„Weiß ich nicht."

„Frau Twanstedt", wechselte Andrea das Thema. „Hatte sie die Gelegenheit, Antonia zu vergiften?"

„Mmh. Sie hat ihr vor der Feier ein Rosinenstütchen mitgebracht, weil Antonia so viel Hunger hatte."

„Und hat sie das Wissen für diesen Mord? Oder ein Motiv?"

„Ich glaube nicht, dass sie das Wissen hat. Aber ich weiß auch nicht, wer das Wissen für diesen Mord hat, außer den Landwirten. Aber wieso sollte die Antonia umbringen? Twanstedt und Antonia waren gute Freundinnen. Die waren auch in dieser Umweltgruppe ‚Grüne Engel'."

„Diese radikale Gruppe aus dieser Gegend? Von denen Eva erzählt hat?"

„Hier gibt es nur die eine."

„Oh Gott!" stöhnte Andrea. „Dann..." Sie brach ab.

„Dann hat sie kein Motiv, erzählt Heinrich aber von Gengetreide und belastet Jo dadurch", bestätigte Herr Wilms. „Es ist bekannt, dass Jo gar nichts von dieser Gruppe hält. Keiner der Landwirte hier in der Umgebung hält etwas von dieser Gruppe."

„Warum habt ihr Frau Twanstedt erst heute verhaftet?" fiel Andrea plötzlich ein. Es war reine Neugier.

„Wann hätten wir sie denn sonst verhaften sollen?" fragte Herr Wilms erstaunt. Andrea biss sich auf die Zunge.

„Nein", seufzte Herr Wilms. „Seit wann wissen Sie davon?"

„Montag", grinste Andrea zufrieden.

Herr Wilms schüttelte resigniert den Kopf, seine Augen funkelten belustigt: „Gehen Sie mit dem Polizeipräsidenten essen?"

„Mit dem Innenminister", grinste Andrea.

„Wenn ich mit Ihnen Essen gehe, geben Sie mir dann die Informationen weiter?"

Andrea lachte: „Ja, würde ich tun. Aber ich geh nicht mit Ihnen Essen. Das ganze Dorf dichtet uns schon einen Affäre an und ich habe Zuhause einen Freund, den das nicht sehr freuen würde." Andrea überlegte, ob Fabian das überhaupt kümmerte, solange er ihren Vater anhimmeln konnte. Aber sie verscheuchte den Gedanken schnell wieder.

Wenn Kunden in den Laden kamen, bediente Andrea sie. Fragen, wo Frau Twanstedt war, beantwortet Andrea ganz einfach mit ,Familiäre Probleme'. Es war ein ruhiger Nachmittag und Andrea setzte sich immer wieder an den hellen Holztisch zu Herrn Wilms.

„Müssen Sie nicht arbeiten?" fragte sie den Beamten.

„Mmh, tu ich doch", brummte der.

Andrea kicherte und schenkte ihm Kaffee nach: „Ach ja: für Beamte ist es schon anstrengend, eine Tasse Kaffee anzuheben."

„Haben Sie schon mal was von Beamtenbeleidigung gehört?" drohte Herr Wilms grinsend.

Andrea lachte: „Ja, habe ich. Aber die Wahrheit kann ich doch sagen, oder?"

Herr Wilms lachte nickend. Er erklärte: „Ich bin für die Zentrale erreichbar und im Moment liegt nichts anderes an als dieser Mord. Und daran arbeite ich ja."

„Stimmt. Worum ging es bei dem Streit zwischen Antonia und Jo auf der Kirmes?"

Herr Wilms zog die Stirn in Falten. Das tat er immer, wenn er nachdachte.

„Um irgendwelche Umweltsachen. Sie war eine Fanatikerin und hatte Jo auf dem Kieker."

„Warum?" fragte Andrea, als Herr Wilms nicht weiter sprach.

Er überlegte: „Sie hatte irgendwie Spaß daran. Sie hat die Leute immer provoziert. Aber nie böse, nur bei Jo. Aber der hat auch immer ganz besonders empfindlich darauf reagiert. Sie hatte seine Achillesferse gefunden."

„Den Hof!?" rief Andrea.

„Ja. Er ist stolz auf den Hof. Er und Eva haben den alleine aufgebaut. Von diesem Hof hat er schon als kleiner Junge geträumt."

„Eva hat erzählt, dass Antonia allen Bauern vorgeworfen hat, genverändertes Getreide anzubauen", fiel Andrea ein.

Herr Wilms nickte: „Ja. Aber nur Jo hat sie damit richtig wütend gemacht. Jo hat überlegt, sie wegen Verleumdung zu verklagen."

„Glauben Sie denn, dass..."

„Darum geht es nicht!" fuhr Herr Wilms auf. Er schlug mit der flachen Hand auf den Tisch, dass sie Tassen klirrten. Andrea erschrak. Er sprang auf und lief im Raum auf und ab.

„Was war das für eine Studie, die Antonia Jo auf der Kirmes gezeigt hat?" wollte Andrea wissen.

„Verdammt noch mal, Andrea, das weiß ich nicht!" fuhr Herr Wilms sie an. „Ich hatte frei und das Bier war lecker!"

Wie vom Donner gerührt starrte Andrea den Mann an.

Weil sie nichts erwiderte, sah Herr Wilms zu ihr. Er erschrak, als er ihr Gesicht sah. Erst jetzt wurde ihm bewusst, was er wie gesagt hatte. „Scheiße!" murmelte er und setzte sich wieder an den Tisch.

„Bitte entschuldigen Sie, Frau Jansen. Ich... Jo ist... Es tut mir leid!"

Andrea verstand: „Er ist Ihr Freund?"

Herr Wilms nickte: „Ja, seitdem wir Kinder sind. Ich war sein Trauzeuge. Er würde niemanden umbringen! Erst recht jetzt nicht!"

„Warum das?" hakte Andrea erstaunt nach.

„Er wird bald Vater. Er würde es als Verrat an seinem Kind, seiner Familie sehen – und an mir auch."

Andrea wusste nicht, was sie sagen sollte. „Dann müssen wir den echten Mörder finden!" sagte sie schließlich lächelnd. Es hatte keine Wirkung.

„Es bringt nichts, wenn Sie sich jetzt selbst und die ganze Welt bemitleiden. Sie sollten zur Wache gehen und Heinrich auf die Finger gucken. Wenn der so dringend einen Erfolg braucht, könnte der wichtige Dinge übersehen."

„Mmh", knurrte Herr Wilms. Dann sah er Andrea an: „Das war ein netter Arschtritt. Danke! Bitte entschuldigen..."

„Längst vergessen", unterbrach Andrea ihn. Sie lächelte, öffnete den Mund, sagte dann aber doch nur: „Ich rufe Sie an, wenn ich etwas rausfinde, in Ordnung?"

Der Mann nickte nur und verließ dann die Bäckerei. Er wirkte kleiner als sonst. Wieso traute Andrea sich nicht, ihm das ‚du' anzubieten?

Kapitel vier

„Ich hatte einen Scheiß-Tag! Wenn du mich also nerven willst, brauchst du gar nicht erst reinzukommen", fuhr Andrea die Katze missmutig an, noch bevor die eine Pfote ins Zimmer gesetzt hatte.

„Miau!" erklärte die Katze und sprang ins Zimmer. Während das Essen auf dem Herd garte, erzählte Andrea der Katze oder sich selbst oder wer auch immer zuhörte, was passiert war. Aber es half nichts: sie hatte keine neue Idee, keinen neuen Gedankenansatz, keine unerklärliche Eingebung.

„Mmh... Ja?" murmelte Andrea in den Telefonhörer. Sie tastete nach dem Lichtschalter.

„Andrea?"

Sie blinzelte und versuchte, die Ziffern auf der Uhr zu erkennen: 5:33 Uhr. „Ja?" murmelte sie etwas wacher. Sie wusste immer noch nicht, wer sie um diese Zeit anrief.

„Die haben... Kannst du mir vielleicht helfen?"

„Eva?" – „Oh, ja. Entschuldige. Eva Peters."

Andrea war wach: „Was ist los? Was ist passiert?"

Eva schluchzte einmal, hatte sich aber dann wieder unter Kontrolle: „Die Polizei hat Jo mitgenommen. Ich schaff die Arbeit im Stall aber nicht

alleine und die Gesellen haben noch Urlaub. Ich...
Ich kann niemand anderen fragen, Andrea. Alle anderen müssen sich selbst um ihre Tiere kümmern."

„Ich komme. Gib mir `ne halbe Stunde."

„Wann war Heinrich hier?" fragte Andrea. Lange hatten die beiden Frauen schweigend miteinander gearbeitet. Mehr durch Zusehen als durch Erklärungen hatte Andrea gelernt, den Kühen das Melkgeschirr anzulegen. Der Streit vom Wochenende hing noch zwischen ihnen. Außer dem Kauen der Kühe und dem ‚klack, klack' der Melkmaschine war es still im Stall. Sie sprachen und lachten nicht miteinander.

„Gegen drei."

Andrea hörte auf zu arbeiten: „Drei Uhr nachts?!"

„Ja", antwortete Eva scharf.

„Das darf der gar nicht!" sagte Andrea mehr zu sich selbst als zu irgendwem anderes.

„Das hat den nicht gekümmert", fauchte Eva.

Andrea ignorierte den Ton und antwortet auch nicht.

„Mein Mann sitzt im Gefängnis, weil du der Polizei sagen musstest, dass wir uns immer mit Antonia gestritten haben."

Andrea atmete tief ein, um im gleichen Tonfall zurück zu keifen, unterdrückte das Bedürfnis aber im letzten Moment. „Ich habe niemandem gesagt, dass ihr euch mit Antonia gestritten habt! Aber wie du dich vielleicht erinnern kannst, hat dein Mann auf der letzten Kirmes vor dem ganzen Dorf gedroht, Antonia umzubringen. Heinrich braucht mich überhaupt nicht, um rauszufinden, dass ihr euch gehasst habt! Das kann ihm jeder im Dorf erzählen."

„Scheiße!" Eva schleuderte einen Lappen auf den Boden. „Kannst du nicht mit ihm reden?" murmelte sie.

„Nein, kann ich nicht. Ich kann mich nicht in polizeiliche Ermittlungen einmischen. Genauso wenig wie du..."

„Aber... du bist doch..."

„Ich bin gar nichts, Eva. Ich bin nur Praktikantin, sonst nichts!"

„Aber du wusstest von dem Mutterkorn! Woher? Wenn du nichts tust... Verdammt! Ich bin schwanger!" schrie Eva.

„Eva, beruhige dich! Komm, beruhige dich! Ich... ich versuche dir zu helfen..."

„,Versuche dir zu helfen'", äffte Eva nach. „Wie? Etwa, indem du mir sagst, dass die meinen Mann gar nicht mitten in der Nacht verhaften durften? Toll! Super! Ganz toll, Andrea! Fahr zur Hölle!"

Andrea schwieg.

„Eva, darf ich dich was fragen?" Andrea war vorsichtig.

„Mmh", machte die kleine Frau ungehalten.

„Was stand in der Studie, mit der Antonia Jo so wütend gemacht hat?"

„Warum willst du das wissen? Sagt Jo das deinem tollen LKA-Beamten nicht?" keifte Eva giftig.

„Jetzt hör mir mal gut zu", antwortet Andrea sauer. „Ich soll dir helfen. Dann musst du mir auch helfen! Was stand in der Studie?"

„Wer hat dir eigentlich davon erzählt?" fragte Eva bockig.

„Verdammt noch mal! Vergiss es doch!" fuhr Andrea Eva an. „Ich weiß, dass ich nur hier bin, weil dir sonst niemand helfen kann! Kein Problem, überhaupt nicht! Schließlich können die Tiere nichts für den ganzen Mist! Aber glaubst du wirklich, ich erzähle dir Sachen, die ich selbst nicht wissen darf? Wenn dein Mann in U-Haft sitzt? Für wie blöd hältst du mich? Glaubst du, ich bringe Menschen in Schwierigkeiten, die mir Informationen zu dem Fall geben? Die riskieren ihren Job und ich soll die einfach so verraten? An jemanden, deren Mann unter Mordverdacht steht? Und der ein Motiv und sogar mit Mord gedroht hat? Du spinnst ja! – Und: nein: Wilms hat mir nichts gesagt!" log Andrea, als ihr bewusst wurde, dass Eva ihn als ihre geheime Quelle identifizieren würde.

Eva schwieg.

„Soll ich morgen wiederkommen?" fragte Andrea bemüht emotionslos. Für diesen Morgen war die Arbeit im Stall beendet.

„Mmh, wenn das geht?" murmelte Eva.

„Gut. Was ist mit heute Abend?"

„Abends kann meine Schwägerin mir helfen. Da muss sie nicht die Kinder..."

„Dann bis morgen. Bin um sechs da", unterbrach Andrea Eva ungehalten.

„Andrea?"

Sie war fast beim Auto, als Eva sie rief.

„Warte einen Moment." Eva lief ins Haus und kam kurz darauf mit einem Blatt Papier wieder: „Das ist diese Studie, die Jo so wütend gemacht hat. Sie... Ich glaube, sie... belastet ihn."

Andrea nickte: „Gut, ich... werde daran denken." Andrea wollte ins Auto steigen.

„,Daran denken'? Was heißt verdammt ,daran denken'?" fauchte Eva.

„Wenn dein Mann jemanden umgebracht hat, werde ich ihn nicht schützen! Auf keinen Fall! Mit dem Risiko musst du eben leben!" fauchte Andrea zurück. Langsam ging ihr der feindselige Ton an die Substanz.

„Andrea?"

„Ja!"

„Bitte hilf mir! Jo hat sie nicht umgebracht! Wir waren den ganzen Tag zusammen: er..." Eva brach ab.

„Sie ist vergiftet worden, Eva. Du brauchst Jo kein Alibi geben. Niemand weiß, wann genau sie das... wann genau sie das vergiftete Essen bekommen hat. Ich tu was ich kann, okay? Ich versprech´ es dir, in Ordnung?"

Eva nickte nur.

„Frau Jansen? Frau Jansen!"

Andrea war in die Studie vertieft, die Eva ihr gegeben hatte. Sie hatte ihr Auto auf einem Feldweg geparkt.

„Herr Wilms. Was machen Sie hier?"

„Heinrich hat Jo verhaftet. Ich wollte nach Eva gucken."

„Hmm, das ist eine gute Idee."

„Und was machen Sie hier?" fragte der Polizeioberkommissar wieder.

„Eva hat mich angerufen: sie brauchte Hilfe im Stall."

„Sie haben ihr geholfen?" Der Beamte war erstaunt.

Andrea nickte nur, immer noch in Gedanken bei der Studie: „Mmh, sicher!"

„Haben Sie sich nicht gestritten?"

„Aber da können die Kühe doch nichts für!"

Herr Wilms lachte: „Sie sind erstaunlich!"

Andrea reagierte nicht.

„Was lesen Sie da?"

„Mmh? Ach, das hat Eva mir gegeben. Es..."

„Ist das diese Studie? Weshalb es so Streit gegeben hat? Das Blatt, das Antonia hatte, sah auch so bunt aus", unterbrach Herr Wilms Andrea.

„Mmh, das ist die Studie. Eva meint, sie belastet Jo. Ich..." Sie seufzte: „Ich habe so wenig Ahnung von dem ganzen Botanik-Kram. Bio geht, aber Botanik... Ich kapier es nicht."

„Darf ich mal sehen?"

Andrea zögerte. Sie hatte Eva versprochen vorsichtig zu sein.

„Was ist?" fragte Herr Wilms erstaunt.

„Ich... Ach, Scheiße! Ich habe Eva versprochen..."

„Ich will auch nicht, dass jemand verhaftet wird, der unschuldig ist, Frau Jansen!"

Andrea nickte müde: „Ja, Entschuldigung." Sie gab ihm den Zettel.

„Treffen wir uns wieder zum Mittagessen?" Herr Wilms beobachtete Andrea genau.

„Mmh? Ich weiß nicht..."

„Im Nachbardorf gibt es eine gute Pizzeria?"

„Ja, gut", seufzte Andrea.

„Ist es so schlimm, dass Ihnen eine Affäre mit mir angedichtet wird?" fragte Herr Wilms amüsiert.

„Nein", meinte Andrea müde. „Aber... Eva meinte, ich hätte der Polizei den entscheidenden Hinweis für Jos Verhaftung gegeben."

Herr Wilms wusste nichts zu antworten.

Andrea seufzte, dann erklärte sie: „Ich muss los. Ich rieche nach Kuhstall und das passt nicht zu einem Notarbüro. Sie sollten zu Eva fahren. Sie wird sich freuen, einen Freund zu sehen."

„Sie waren doch da?" warf Herr Wilms ein.

„Ich glaube nicht, dass wir Freunde sind." murmelte Andrea. Sie startete den Motor, bevor der Polizist antworten konnte.

„Herr Kommissar, Oberkommissar, meine ich natürlich. Komm rein, Nick", begrüßte Frau Hofmeister Herrn Wilms.

„Guten Tag Nick. Schön, dass du in letzter Zeit sooft zu Besuch kommst! Auch wenn es nicht unseretwegen ist", begrüßte auch Herr Hofmeister Herrn Wilms.

„Sie ist schon den ganzen Vormittag ziemlich bedrückt. Vielleicht kannst du sie etwas aufmuntern", hörte Andrea Frau Hofmeister sagen.

„Oder ist sie deinetwegen so bedrückt? Muss man dir etwa noch erklären, wie man mit Frauen umgeht?" kicherte Frau Hofmeister. Andrea stöhnte in dem überfüllten, engen Büro. Sie wunderte sich aber, ihre Chefin wie ein kleines Mädchen kichern zu hören.

Andrea hörte Herrn Wilms auflachen: „Wenn ich wüsste, wie man mit Frauen umgeht, hätte ich längst eine. Oder meinst du nicht, Yasmin? Mal ehrlich: sie hat einen Freund. Und ihr solltet nicht so einfach in Kauf nehmen, dass sie hier Probleme bekommt, wenn er sie besucht, weil die ganze Stadt meint, sie wäre mit mir zusammen."

„Ja, da hast du recht, Nick", stimmte Herr Hofmeister zu.

„Aber was hat sie denn dann?" beharrte Frau Hofmeister. „Sie ist sonst immer so fröhlich und hilfsbereit."

„Sie hat sich mit den Peters angefreundet, Joachim und Eva-Maria. Aber letzte Nacht ist Jo wegen Mordverdacht an Antonia verhaftet worden und Eva hat Frau Jansen vorgeworfen, sie ausspioniert zu haben."

„Ach, wie schrecklich! Das arme Mädchen! Beide Mädchen!"

„Wieso wirft Eva-Maria Frau Jansen das vor? Sie neigt nicht zu Ungerechtigkeiten", hörte Andrea Herrn Hofmeister überlegen.

„Sie ist schwanger. Und jetzt hat sie den ganzen Hof alleine. Das schafft sie nicht, schon gar nicht, wenn sie jetzt im fünften Monat ist. Sie ist verzweifelt: sie braucht Jo! Ich fahr gleich mal zu ihr", erklärte Frau Hofmeister. „Wie schrecklich! Hat Joachim..." Frau Hofmeister brach ab. Gespannt lauschte Andrea nun auf Herrn Wilms` Antwort.

„Nein. Ich glaube es nicht", erklärte der Polizeioberkommissar. Andrea grinste: damit hatte er nichts gesagt, aber alle beruhigt.

„Und ‚glaubt' der Landeskriminalbeamte das auch?" fragte Herr Hofmeister. Andrea grinste wieder: ihr Chef ließ sich nicht blenden.

„Nein, der glaubt den Mörder gefunden zu haben. Was aber Quatsch ist!"

„Na komm, Nick", wechselte Herr Hofmeister das Thema. „Du wolltest Frau Jansen sicher zum Essen abholen, oder?"

„Ja..."

„Ja, geh mit ihr essen. Das wird sie aufmuntern! Sie hat heute kaum gefrühstückt."

Das reichte Andrea: niemand brauchte irgendjemanden über ihre Essgewohnheiten zu informieren, es sei denn, Andrea selbst tat das. „Hallo Herr Wilms", begrüßte Andrea den Beamten, den sie zum ersten Mal in Zivilkleidung, Jeans und Hemd, sah und fast nicht erkannte. Er sah gut aus: breite Schultern, kräftige Arme, aber eine schlanke Taille und lange Beine. Das fiel ihr zum ersten Mal auf. Seine braunen Augen strahlten, wenn er lächelte. Sein lockiges Haar war dunkelblond mit von der Sonne ausgebleichten Strähnen. Es wirkte immer etwas wirr.

„Hallo Frau Jansen."

„Gehen Sie in Ruhe essen, Frau Jansen", sagte Herr Hofmeister. „Heute Mittag wird wenig los sein, das wissen Sie ja: es ist Montag."

Irritiert sah Andrea ihren Chef an, konnte aber nichts sagen, weil Frau Hofmeister sie eilig hinausschob.

„Was möchten Sie am liebsten essen?" fragte Herr Wilms Andrea vergnügt. Er hielt ihr die Wagentür auf.

„Pizza, hatten Sie doch vorgeschlagen", meinte Andrea erstaunt.

„Ja, aber Hofmeister hat Ihnen doch eine längere Mittagspause gegeben. Wir können auch woanders essen, wenn Sie wollen?"

„Is mir egal", meinte Andrea müde.

Herr Wilms setzte sich hinters Steuer seines Geländewagens. Prüfend sah er Andrea an. „Mögen Sie Steak?"

„Mmh", machte Andrea nur.

„Frau Jansen! Wir können auch vegetarisch-chinesisch Essen gehen!" schimpfte Herr Wilms mit einem freundlichen Unterton.

Es hatte den erhofften Effekt: Andrea kicherte: „Oh Gott, nein, bloß nicht. Steak ist gut! Sehr gut, wenn es gut ist?"

„Es ist sehr gut!" versicherte Herr Wilms.

„Wie geht es Jo?" fragte Andrea nach einer Weile.

„Er sagt nichts. Gar nichts", antwortete Herr Wilms. „Heinrich... Der gibt sich echt Mühe! Aber Jo sagt nichts!"

„Bleibt er fair? Heinrich, meine ich."

„Mmh, soweit ich das mitgekriegt habe ja. Aber ich war erst um acht in der Wache. Was davor war, weiß ich nicht..."

„Verdammter Hund!" schimpfte Andrea. „Dem würde ich die Hölle heiß machen, wenn der mich mitten in der Nacht verhaften würde! So ein..." Sie schwieg.

„Ich hab Jos Anwalt angerufen. Der wird ihm das wohl vorschlagen", brummte Herr Wilms.

„Wie heißt der?"

„Meuser, Torsten."

„Hmm, kenn ich nicht."

„Sie sind sehr still, Frau Jansen. Kann ich irgendwas für Sie tun?"

Sie hatten fast schweigend gegessen. Es war ein vornehmes Restaurant mit einer wirklich guten Küche. Auch der Kaffee nach dem Essen drohte schweigend getrunken zu werden.

„Hmm? Nein, können Sie nicht. Danke", wehrte Andrea ab.

„Eva hat es nicht so gemeint. Sie war fertig mit den Nerven", versuchte Herr Wilms Andrea zu trösten.

Sie nickte nur.

„Frau Jansen?" fragte Herr Wilms, als er keine weitere Reaktion bemerkte.

„Mmh?"

„Was ist los mit Ihnen?"

Erst wollte Andrea wieder abwehrend nichts sagen, dann entschied sie sich anders: „Verdammt noch mal! Alles bin ich schuld! Ich will nur helfen! Ich tu's noch nicht mal absichtlich! Was kann ich dafür, dass mir die komischen alten Leute alles

Mögliche erzählen, was sie der Polizei nicht erzählen? Und dann bin ich alles schuld! Scheiße! Ich hab die Frau doch nicht umgebracht! Ich wollte noch nicht mal hierher kommen! Verdammt! Ich bleib auch nicht hier! Bin ich bekloppt? Ich hab Eva versprochen, dass ich versuche, ihren Mann aus der U-Haft zu holen. Okay, versprochen ist versprochen! Und Frau Twanstedt hat die U-Haft auch nicht verdient – glaub ich! Aber dann bin ich weg! Ich kann auch ohne dieses dämliche Praktikum Jura studieren! Und wenn Papa und Fabian mich nicht in ihrer Kanzlei haben wollen, gehe ich halt zu Onkel Bruno! Schei..."

Den Rest des Wortes hörte Herr Wilms nicht mehr, weil Andrea es so leise sagte. Er atmete tief durch. Damit hatte er nicht gerechnet.

„Ist... Fabian ihr Freund?"

„Mmh."

„Und... er ist Teilhaber an der Kanzlei Ihres Vaters?"

„Mmh."

Herr Wilms zog erstaunt die Augenbrauen hoch: „Dann werden Sie bald heiraten?"

„Nein, ich glaube nicht", murmelte Andrea sehr leise.

„Warum nicht?"

Andrea rührte ihren Kaffee um, obwohl der weder zu heiß noch Zucker darin war. Erst nach einer ganzen Weile, in der sie Herrn Wilms Blick auf sich gespürt hatte, sagte sie: „In der ganzen Zeit, in der ich jetzt hier bin, hat er nur einmal angerufen. Und das auch nur, weil meine Freundin ihn gezwungen hat."

„Und Sie haben nicht angerufen?"

„Ich war sauer! Er und Papa sind schuld, dass ich hier bin. Die wollten, dass ich erst dieses Praktikum mache. Sonst darf ich nicht in Papas Kanzlei arbeiten."

„Warum das denn?" Herr Wilms hatte Mühe, Andrea zu verstehen, weil sie so leise sprach.

Sie zuckte die Schultern: „Weiß ich nicht. Ich glaube, er will mich nicht in der Kanzlei haben."

„Und was sagt Ihr Freund dazu?"

„So, wie sich das bei unserem einzigen Telefonat anhörte, ging es ihm sehr gut. So als ob er seinen verschollenen Vater wiedergefunden hätte und Papa seinen verlorenen Sohn", sagte Andrea bitter, aber wieder laut genug, dass Herr Wilms sie deutlich verstand.

Er schwieg. Er konnte sich nicht vorstellen, wie es Andrea ging. Er und seine Geschwister hatten nie um die Aufmerksamkeit und Unterstützung seiner Eltern kämpfen müssen.

Etwas erleichtert schlug Andrea auf den Tisch: „Ich helfe Ihnen – wenn Sie erlauben – diesen Fall zu beenden und dann packe ich wieder meine Koffer! Ich bleibe kein ganzes Jahr hier und lasse mir vorwerfen, ich hätte Jo oder sonst wen an das LKA verkauft! Und wenn Papa mich dann nicht in seiner Kanzlei arbeiten lässt... Ich finde schon eine andere! Onkel Bruno hilft mir bestimmt! Aber diesen Fall... ich habe es Eva versprochen!"

„Und das halten Sie? Auch nach diesen Vorwürfen?" fragte Herr Wilms erstaunt.

„Ich hab es versprochen, oder?" meinte Andrea einfach.

Herr Wilms lächelte: sie war ein viel zu guter Mensch!

Andrea sah erstaunt auf, als es abends an ihrer Haustüre klingelte. Wer sollte sie besuchen? Sie hatte ihre Bluse, die sie bei der Arbeit trug, gegen ein bequemes T-Shirt getauscht und ihre Haare hochgebunden. Mit nackten Füssen lief sie über das helle Parkett zur Türe und öffnete.

„Hallo Frau Jansen!" begrüßte Herr Wilms sie lächelnd. Er trug seine Uniform.

Irritiert lächelte Andrea zurück. „Hallo... äh..."

„Wilms, heiße ich. Darf ich reinkommen?"

Andrea blieb in der Türe stehen: „Waren wir verabredet?"

„Nein. Aber ich hatte den Eindruck, Sie wären etwas einsam. Und weil ich ganz alleine Bereitschaft habe, habe ich gedacht, wir könnten zusammen einsam sein? Ich kann auch kochen", bot er an.

Andrea wusste immer noch nicht, was sie davon halten sollte, grinste aber: „Soll mich das abschrecken oder überzeugen?"

Herr Wilms lachte.

„Was wollen Sie hier, wenn Sie Bereitschaftsdienst haben?"

Er grinste: „Ich verlege die Bereitschaft einfach hier her. Sehen Sie: das ist ein Computer und weil ich damit umgehen kann…"

„…setzen wir uns jetzt vor Ihren Laptop und hören den Polizeifunk ab?" fragte Andrea ungläubig.

„Ich darf das. Ich muss das sogar", erklärte Herr Wilms ungerührt. „Darf ich jetzt reinkommen? Wenn es Sie beruhigt, kann ich auch sagen, dass ich schwul bin?"

Kichernd trat Andrea zur Seite: „Und wenn jemand an der Wache klingelt?"

Herr Wilms winkte ab und stellte ein paar Flaschen Bier und den Laptop auf Andreas Schreibtisch: „Ob ich von hier aus oder von meiner Wohnung aus zur Wache fahre, das kommt sich gleich!"

„Und welchen Zweck hat das Bier?" bohrte Andrea weiter. „Sie wollen doch wohl nicht im Dienst Bier trinken?!"

„Sie machen es einem echt schwer. Entweder geben Sie gegebenenfalls zu Protokoll, dass das alkoholfreies Bier war, oder Sie trinken das Bier alleine!"

Andrea grinste und schwieg.

„Sie trinken doch Bier, oder? Oder trinken Sie nur diese seltsamen, modernen Mischgetränke?" fragte Herr Wilms.

Andrea lachte, weil er das Gesicht verzog. „Nein, Bier ist gut!"

Eine Pizza vom Pizzaservice und anderthalb Flaschen Bier später stöhnte Andrea und hielt sich den Bauch.

Herr Wilms lachte. Er hatte nach der ersten Flasche Bier um Wasser gebeten. „Sie haben eine große Pizza gegessen!"

Andrea sah ihn mit halb geschlossenen Augen an.

„Ich kenne keine Frau, die so viel isst!" fügte er hinzu.

Andrea grinste: „Sie kennen mich!"

„Ja, stimmt. Aber sonst keine Frau, die so viel essen kann."

„Und ich kennen keinen Mann, der erzählen würde, er wäre schwul, nur um mich zu besuchen."

Herr Wilms lachte auf: „Normalerweise muss ich so was nicht erzählen. – Bilden Sie sich nicht zu viel darauf ein. Ich wollte nur nicht alleine sein." Seine Augen blitzen amüsiert auf.

„Ja, benutzen Sie mich nur! Eva... Nein, Entschuldigung! – Hätten Sie wirklich kein Problem damit, zu sagen, Sie wären schwul?"

„Nein, wieso? In diesem Dorf läuft meine Traumfrau nicht rum. Sonst hätte ich sie schon gefunden. Und dann können auch alle glauben, ich würde auf Männer stehen."

„Und Ihre Freunde?"

„Die halten mich sowieso für verrückt und würden mir nicht glauben. Wer wird schon Polizist? Ich bin mir ziemlich sicher, dass mir niemand glauben würde", zwinkerte Herr Wilms vergnügt.

Andrea beobachtete den Mann, der mit dem letzten Stück Pizza auf ihrem Sessel saß. „Sind Sie schwul?"

Er lachte auf: „Nein, bin ich nicht. Nur wählerisch", fügte er grinsend hinzu.

„Würden Sie es mir sagen, wenn Sie es wären?" wollte Andrea wissen.

Er musterte sie amüsiert: „Ja, Ihnen schon, denke ich. Ob ich das im Dorf erzählen würde... Ich glaube nicht. Dazu ist das Dorf zu klein und dessen Bewohner zu konservativ. – Was wollten Sie eben über Eva sagen?"

Andrea schüttelte den Kopf: „Nein, nichts."

„Sagen Sie schon!"

Andrea seufzte. Die Katze kletterte begeistert auf Andreas vollen Bauch, um sich dort mehrmals um die eigene Achse zu drehen, damit sie eine bequeme Position fand. Sie schimpfte empört, als Andrea sie von ihrem Bauch schob.

„Sie... ach, es ist kindisch!" wehrte Andrea ab. „Mein Bauch ist voll! Such dir einen anderen

Schlafplatz", erklärte Andrea der Katze. Die war davon überzeugt, dass Andreas Bauch momentan der allerbeste Schlafplatz war.

„Und Sie grinsen nicht so! Sonst schläft das Biest auf ihrem Bauch!" wandte Andrea sich an den Polizisten.

Der versuchte schnell sein Grinsen zu verstecken. „Was ist kindisch?"

„Sie geben nicht auf, oder? Eva hat mich heute Morgen aus dem Bett geklingelt, damit ich ihr helfen komme. Aber sie hat sich nicht mal bedankt. Oder sich entschuldigt. Im Gegenteil: sie hat mir vorgeworfen, ich wäre alles schuld! Und morgen früh soll ich wieder dahin."

„Ich kann auch hin…"

„Nein, ist schon okay. Ich kann nur… Ich kann schlecht mit Ungerechtigkeit umgehen. Deshalb will ich auch Jo und vor allem Frau Twanstedt aus der U-Haft holen. Die gehören beide nicht dahin! – Wie geht es Jo?" wollte Andrea wissen.

„Er sagt nichts. Immer noch nicht. Er redet auch nicht mit mir."

„Aber Sie sind doch sein Freund!?" fragte Andrea betroffen.

Er schwieg.

„Und mit dem Anwalt?"

Herr Wilms schüttelte den Kopf.

„Dämlicher Sturkopf!" schimpfte Andrea. Auf Herrn Wilms fragenden Blick antwortete sie: „Er muss dem Anwalt schon eine Möglichkeit liefern, ihm zu helfen. Aus Sturheit nichts zu sagen, schadet nur ihm und seiner Frau! Oder ist es was anders als Sturheit?"

„Nein... wohl nicht..." er brach ab.

„Haben Sie diese Studie gelesen und verstanden? Können Sie es mir erklären?"

Herr Wilms stöhnte: „Oh Gott! Jetzt? Ich bin vollgefressen."

„Kommen Sie: beweisen Sie mir, dass Sie Hauptkommissar werden könnten", grinste Andrea.

„Sie sind gemein", murrte der Oberkommissar. Stöhnend setzte er sich auf: „Es ist ein Bericht über Versuche mit genverändertem Getreide. Das Getreide – Weizen – ist gentechnisch gegen Mehltau resistent gemacht worden. Mehltau sagt Ihnen was?"

„Mmh, dieser weiße Belag auf Blättern von Blumen und so", nickte Andrea.

„Ja, genau. Getreide kann auch Mehltau kriegen und das vermindert den Ertrag. Dieses genveränderte Getreide ist also getestet worden: im Gewächshaus hat auch alles geklappt wie es sollte. Aber bei den Versuchen im Freiland, also unter normalen Witterungsbedingungen, ist das Getreide stark mit Mutterkorn verseucht gewesen. Das waren die ersten Versuche. Die werden sicher wiederholt, um genauere Ergebnisse zu bekommen."

„Ist dieses Getreide verkauft worden?"

„Nein!"

„Aber Antonia hat Jo diese Studie unter die Nase gehalten und behauptet, er hätte es angebaut?"

„Wie schafft es ein Bauer, einen so großen Hof praktisch aus dem Nichts aufzubauen?"

Andrea sah Herrn Wilms verwirrt an.

Er antwortete sich selbst: „Mit krummen Geschäften. In dem man zum Beispiel in geheimen Geschäften mit der Firma, die Gen-Weizen testet und verkaufen will, Versuchsflächen anbietet. Versuchsflächen müssen als solche gekennzeichnet, registriert und gut gegen die Verbreitung der Pollen etc geschützt sein."

„Und das kostet jede Menge Zeit, Papierkram und Geld. Also sucht man sich ‚kooperative' Bauern, gibt denen einen Haufen Geld und hat keinen Papierkram?"

„Ja. Ich habe mich nie mit diesem Thema beschäftigt, aber es gibt Menschen wie Antonia, die das glauben."

„Hat Jo..." Andrea wusste nicht, wie sie fragen sollte.

Herr Wilms schüttelte den Kopf: „Nein. Seine Konten habe ich mir angeguckt. Da gibt es keine..."

„Und genverändertes Getreide? Baut er das an?" fragte Andrea atemlos.

„Nein, kann ich mir nicht vorstellen! Da ist er typisch Bauer: er bleibt beim Altbewährten. Aber die Laborergebnisse kommen noch. Sein Vater und Evas Familie haben große Höfe. Aber beide Höfe werden an die ältesten Geschwister vererbt. Also haben Eva und Jo sich ihr Erbe auszahlen lassen und zusammen einen eigenen Hof gebaut."

„Gab es da Streit? Irgendwas, weswegen irgendwer Jo jetzt Probleme machen will?"

„Nein. Das war schon lange so geplant. Der alte Peters hat nie einen Zweifel daran gelassen, dass er beim Erbe absolut gerecht teilen wird. Und Baumeier, Evas Familie, ist da genauso konsequent. – Die streiten sich untereinander! Aber das ist bei denen normal, nichts, was anders wäre, als seit Jahren schon."

Andrea atmete auf. „Dann kann Heinrich ihm nur vorwerfen, aufbrausend zu sein. Und niemand vergiftet irgendwen im Affekt!"

„Bleibt noch Ihre Theorie über Eva. Sie kann ihr nicht selbst das Gift gegeben haben. Und mir fällt niemand ein, der Antonia so sehr gehasst hat, dass er sie vergiften wollte. Die meisten mochten Antonia oder fanden sie etwas seltsam. Es war auch etwas exzentrisch…"

„Mmh, irgendwer hat sie aber so gehasst", unterbrach Andrea ihn.

„Wieso LSD UND Mutterkorn?" fragte Andrea. Als Herr Wilms sie erstaunt ansah, erklärte sie: „Wieso beides? Hat sie das LSD selbst genommen? Aber laut Tox-Befund hat sie keine Drogen genommen. Dann hat sie es vom Mörder bekommen. Warum?"

Herr Wilms musterte Andrea überlegend. Sie stellte interessante, intelligente Fragen. „Weiß ich nicht. Um das Gift zu überdecken?"

„LSD hat keinen Eigengeschmack – soweit ich gelesen habe", wandte Andrea ein.

„Aber vielleicht verschleiert es die Symptome der Vergiftung: sie ist high und merkt deshalb die Vergiftung, die Krämpfe nicht."

„Das könnte sein... Dann... Das ist genial! Gift zum Umbringen und Drogen zum Vertuschen. Und es hat ja auch gewirkt: Sie haben alle gedacht, dass sie betrunken ist, obwohl sie schon Vergiftungserscheinungen hatte."

„Etwas anders geht mir nicht aus dem Kopf", begann Herr Wilms. „Wir haben immer noch keine Ahnung von einem möglichen Motiv."

„Ja, und?"

„Woher nehmen wir die Sicherheit, dass sonst niemand mehr vergiftet wird?" Erschrocken sah Andrea den Mann an. „Und wer sagt, dass Antonia

wirklich das Ziel war? Auf diesem Geburtstag war fast das ganze Dorf. Es kann einfach Zufall gewesen sein..."

„Brrrau!" machte die Katze und warf den Kopf hoch. Sie hatte es sich neben Andrea gemütlich gemacht und genoss ihre Streicheleinheiten.

„Danke, Katze!" seufzte sie. „Sie sagt, das ist Quatsch."

Erstaunt sah Herr Wilms Andrea an. Belustigt fragte er: „‚Sie sagt, das ist Quatsch?' Sagt Sie Ihnen auch, warum?"

„Hmm, sonst wäre längst noch jemand gestorben", meinte Andrea.

„Sagt sie das oder sagen Sie das?" fragte Herr Wilms belustigt.

„Manchmal, wenn die Katze hier ist, tauchen Ideen in meinem Kopf auf, die ich vorher nicht hatte. Sie können es meinetwegen auch ‚göttliche Eingebung' oder... keine Ahnung... ‚herausragende Intelligenz' nennen. Aber es ist halt immer nur, wenn die Katze hier ist", erklärte Andrea etwas verlegen.

„Hat sie keinen Namen?" wollte Herr Wilms wissen.

„Keine Ahnung. Das ist nicht meine Katze. Sie kommt mich nur jeden Abend besuchen."

„Dann fragen Sie sie doch nach ihrem Namen", meinte Herr Wilms.

Andrea grinste: „Sie sagt: frag doch selbst, du... äh... Sie... äh... also, die Katze sagt ‚du Esel'."

Erstaunt sah Herr Wilms Andrea an. Schallend lachend schüttelte er den Kopf: „Ich hoffe für Sie, dass Sie die Katze nicht nur vorschieben, damit Sie so mit mir reden können. Also: wie heißt du?" wandte er sich an die Katze.

„Brruh!" machte die Katze zufrieden. Mit einem seligen Lächeln betrachtete sie Herrn Wilms.

„,Samuel'? Nein, das geht nicht. Du bist ein Mädchen und ,Samuel' ist ein Jungenname", meinte Andrea.

Erstaunt sah die Katze zu Andrea auf, schloss dann aber wieder genüsslich die Augen: „Brrau!"

„Also ,Samira'? Gut, das geht", überlegte Andrea.

Herr Wilms kicherte.

Andrea seufzte: „Sie halten mich sicher für ziemlich bescheuert. Kann ich verstehen. Aber ich bin mir sicher, dass ich den Namen ,Samira' noch nie gehört habe. Also: wie erklären Sie das?"

Herr Wilms zuckte nur kichernd mit den Schultern.

„Frau Twanstedt... hatte sie das Wissen?"

„Da sind wir nicht weiter. Twanstedt sagt sehr wenig. Hauptsächlich spricht sie mit dem Anwalt."

„Warum war Antonias Freund eigentlich nicht auf der Party?"

„Der musste zu einer Veranstaltung seiner Umweltgruppe im Nachbarort. Seit sieben Uhr morgens war er da und ständig unter Menschen. Gegen 17 Uhr war er zu Hause."

„Ein perfektes Alibi."

„Ganz genau."

„Was ist das für eine Gruppe?"

Herr Wilms seufzte: „Ich war noch nie auf einer Castor-Demo, aber ein paar Mal auf einer Kundgebung dieser Gruppe. Und genauso stelle ich mir eine Castor-Demo vor, nur mit mehr Menschen. Es ist eine ziemlich kleine Gruppe hier am unteren Niederrhein. Zentral organisierte, aber sehr unabhängige Ortsgruppen, spontane Aktionsschwerpunkte der einzelnen Gruppen. Sie setzen sich hauptsächlich für den Umweltschutz in der Region ein, es kann aber auch mal für die Schulbildung der Kinder in Mittelkolumbien gesammelt werden. Grundsätzlich bin ich für den Schutz der Umwelt. Aber die Forderungen dieser Gruppe halte ich – größtenteils – für unsinnig. Als Beispiel: die möchten gerne, dass die Milchviehbetriebe nur noch an heimische Abnehmer verkaufen. Am besten nur an Privatkunden. Für jeden Liter Milch, der an überregionale Molkereien verkauft wird, soll eine Strafe gezahlt werden. Es gibt aber nur überregionale Molkereien. Meistens reden die in dieser Gruppe nur sehr viel. Aber wenn die eine Kundgebung organisieren, geben die sich gerne sehr radikal."

Etwas seltsam kam Andrea sich vor, als sie den Gang an den Gefängniszellen entlang ging. Sie hatte Eva wieder im Stall geholfen und wollte jetzt, bevor sie bei Hofmeister sein musste, Jo besuchen. Die kleine, freundliche Beamtin am Empfang hatte Andrea gesagt, dass Jo schon wach wäre und hatte sie bis zu den Zellen geführt. Ein anderer Beamter begleitete Andrea bis zu Jos Zelle, die letzte im Gang. Sie hatte nicht erwartet, zu ihm durchgelassen zu werden, aber nachdem sie erwähnt hatte, bei Notar Hofmeister zu arbeiten, war alles sehr schnell gegangen. ‚Kleinstadt' seufzte Andrea in Gedanken.

„Hier ist es, Frau Jansen. Ich warte hier", erklärte der Beamte.

„Ja, danke. Hallo Jo." Der Beamte störte Andrea nicht: sie hatte Jo nichts zu sagen, was der Mann nicht hören durfte. Jo saß auf seinem Bett und starrte an die Wand vor ihm. Als Andrea ihn begrüßte, sah er sie an, antwortete ihr aber nicht. „Nicht mal ‚Hallo'? Gut, wie du meinst. Ich bin auch nur hier, um dir zu sagen, dass du bitte zumindest gegenüber deinem Anwalt gefälligst den Mund aufmachst! Du hast einen ganzen Hof aufgebaut! Also grab den Verstand aus, den du dafür benutzt hast, und hilf den Menschen, die dir helfen wollen! Eva braucht dich! Und wenn du dein verdammtes Maul nicht aufmachst und dem Anwalt sagst, was passiert ist, kann der dir nicht helfen! Und dann sieht es schlecht für dich aus! Glaubst du wirklich, deine Sturheit schadet der Polizei? Du schadest dir nur selbst! Und deiner Frau! So... mehr wollte ich nicht. Tschüss, Joachim."

Er hatte sie nur ausdruckslos angestarrt. Aber Andrea war sich sicher, dass er ihre Worte gehört hatte.

„Frau Jansen! Was machen Sie denn so früh schon hier?"

Andrea fluchte innerlich: den LKA-Lackaffen hatte sie weder treffen noch sehen, noch hören wollen. Trotzdem drehte sie sich zu ihm um: „Hallo Herr Heinrich."

„Was machen Sie hier?"

Also keine Begrüßung.

„Ich habe Joachim Peters besucht", antwortet Andrea wahrheitsgemäß.

„Dazu haben Sie kein Recht!" fuhr der arrogante Mann sie an.

„Sicher habe ich das! Sonst hätten Ihre Kollegen mich doch nicht zu ihm gelassen."

„Frau Jansen, wenn Sie noch mal in Anwesenheit von Verdächtigen wie Frau Twanstedt meine Autorität in Frage stellen, landen Sie auch in so einer Zelle! Habe ich mich klar ausgedrückt? SIE haben meine Entscheidungen und Ermittlungen nicht in Frage zu stellen!"

Erst war Andrea erstaunt, dann erklärte sie: „Frau Twanstedt ist unschuldig! Wegen einer – zugegeben – grob fahrlässigen Lebensmittelvergiftung steht sie jetzt unter Mordverdacht? Das ist Quatsch!"

„Stellen Sie meine Ermittlungen nicht in Frage, oder..."

Er brach ab, aber Andrea beendete den Satz: „...oder Sie verhaften mich?" Sie drückte den Rücken durch und straffte die Schultern: „Tun Sie's!

Ich würde Ihren Mut bewundern! Und Ihre Dämlichkeit bestaunen!"

„Vorsicht! Sie können auch ganz schnell eine Klage wegen Beamtenbeleidigung bekommen!" drohte Herr Heinrich.

„Ich habe Sie nicht beleidigt! Seien Sie vorsichtig, womit Sie mir drohen, Herr Heinrich! Sie können vielleicht einen Herrn Peters oder eine Frau Twanstedt verhaften und in U-Haft stecken, ohne große Konsequenzen befürchten zu müssen. Aber nicht mich! Sagt Ihnen Oberstaatsanwalt Bruno Ratsherr etwas? Schön! Das ist mein Onkel. Also: wenn Sie keine 200-prozentigen BEWEISE gegen mich haben, halten Sie gefälligst den Ball flach! Ansonsten verspreche ich Ihnen, dass mein Onkel Sie in der Luft zerpflückt wie ein Rottweiler einen Tennisball! Schön, Ihre ausnahmsweise sichtbare Blutleere im Kopf zeigt mir, dass Sie mich verstanden haben. Schönen Tag noch!"

„Das war eine Beleidigung!" rief Herr Heinrich Andrea nach. Sie war schon fünf Meter weitergegangen.

Sie drehte sich zu ihm um und lächelte: „Und wenn schon: es hat niemand gehört! Gehen Sie damit zum Staatsanwalt. Ich muss mich nicht selbst belasten, und schon stehen Sie alleine da mit dieser Behauptung. Aber wenn ich sage, dass SIE, als Beamter, mir gedroht haben, wirft das ein schlechtes Licht auf Sie."

„Frau... äh... Frau... Gustafs! Haben Sie gehört, wie Frau Jansen mich beleidigt hat?" rief Herr Heinrich der kleinen Beamtin am Empfang zu.

‚Mist', schimpfte Andrea mit sich selbst. Sie hatte sie wahrscheinlich gehört. Sie folgte Herrn Heinrich den Gang entlang zu Frau Gustafs.

„Entschuldigen Sie, was haben Sie gesagt?" wollte Frau Gustafs wissen.

„Haben Sie gehört, was Frau Jansen zu mir gesagt hat?" fragte Herr Heinrich wieder.

„Nein... Nein, tut mir leid, Herr Heinrich. Ich war hier zu beschäftigt", erklärte die Frau.

Andrea beschloss sie zu lieben, als sie die tellergroßen, braunen Augen sah, in denen in blinkenden Buchstaben ‚UNSCHULDIG' stand.

„Mist!" schimpfte Herr Heinrich und stürmte an Andrea vorbei in sein Büro.

„Oh Gott! Schade, dass die Kameras im Flur nicht funktionieren! Wie Sie den auseinandergenommen haben, hätte ich zu gerne auf Videoband!" seufzte Frau Gustafs. Andrea sah sie erstaunt an. „Ich würde mir das Band jeden Abend zur Entspannung angucken und zu Weihnachten allen Kollegen eine Kopie schenken!"

Andrea lachte auf: „Sie haben es doch gehört?"

„Nein! Natürlich nicht!" Frau Gustafs machte wieder riesige, unschuldige Augen und tat entsetzt.

Andrea lachte: „Danke! Vielen, vielen Dank!"

Kapitel fünf

„Ja, mach ich", seufzte Andrea. Sie packte die Unterlagen zusammen, die sie brauchte und entschied sich, zu Fuß zu gehen. Sie hängte sich ihre schwarze Aktentasche um. Sie war stolz auf diese Tasche: sie war unauffällig, es passte erstaunlich viel hinein und sie war vergleichsweise klein. Ihre Mutter hatte sie ihr geschenkt, bevor Andrea zu diesem Praktikum aufgebrochen war. Es war genau das richtige Geschenk gewesen. Ihre Mutter hatte ein Händchen für das richtige Geschenk zur richtigen Zeit. Andrea musste sie unbedingt anrufen.

„Herr Hofmeister? Ich mach dann anschließend sofort Mittagspause, in Ordnung?"

„Ja, machen Sie das, Frau Jansen", murmelte ihr Chef, in Gedanken vollkommen bei einem Schiedsspruch, denn er schriftlich formulieren musste.

Es war warm, schwül-warm. Andrea spürte die Spannung in der Luft. Sie hoffte auf ein Gewitter. Einerseits, weil sie es liebte, am Fenster zu stehen und die Blitze zu bewundern und andererseits, weil es nach einem Gewitter weniger anstrengend sein würde, die Luft einzuatmen: dann war sie nicht mehr so dick und zähflüssig. Selbst die sonst so emsigen Bienen in den blühenden Büschen der Kleinstadt-Vorgärten schienen langsamer zu fliegen und mittags Pause zu machen. Mitleid hatte Andrea mit den Hummeln: so dicke Kerlchen, so kleine Flügel und so dicke Luft. Ob die lustigen Insekten überhaupt so viel Nektar aufnehmen konnten, wie sie beim Fliegen Kalorien verbrauchten? Am Horizont türmten sich Wolkenberge auf. Aber Andrea hatte aufgehört, ihrem Versprechen von luftreinigendem Regen zu glauben. Seit drei Tagen schon waren diese Wolkenberge mittags gewachsen. Regen hatten sie nie gebracht. Aber sie hatten das Fleckchen Land, auf das es Andrea verschlagen hatte, jeden Abend mit einer dicken, schützenden Wolkendecke überzogen. Die Wärme vom Tag hatte keine Chance, zwischen den Wolken einen Weg in den Weltraum zu finden. Morgens löste die Sonne die Wolken dann wieder auf und zu der konservierten Wärme vom Vortag kam neue Wärme. Es musste bald Gewitter geben. Sonst würden Andrea Schwimmhäute und Kiemen wachsen.

Nach der ganzen Reihe tadelloser Vorgärten wirkte der zur Fallobstwiese umfunktionierte Vorgarten der Leuters wie ein Kieselstein zwischen Rubinen, Saphiren und Smaragden. Aber der Vorgarten war ordentlich: das Gras war kurz geschnitten und die Bäume gepflegt. In einer Ecke entdeckte Andrea den Ansatz eines Blumenbeets. Auf einem sorgfältig gepflasterten Weg gelangte Andrea zur Haustüre und klingelte. Das Haus bescheinigte den Besitzern keinen Sinn für Schönheit. Einfache Backsteine formten das quadratische Wohnhaus, schwarze Dachziegel das Dach darauf. Kein Erker oder sonstige Wunderwerke der modernen Architektur verschönerten es. Die Türe war aus messingfarbenem, gebürstetem Metall mit undurchsichtigem Glas. Auch die Fenster hatten, soweit Andrea das sehen konnte, diese messingfarbenen Rahmen. Außer nichtssagenden Gardinen und hässlichen Kunstblumensträußen in den Fenstern konnte Andrea nichts Schmückendes an dem Haus entdecken. Da niemand öffnete, ging sie um das Haus herum. Im sauber gepflegten Gemüsegarten hinter dem Haus fand sie das Ehepaar Leuter. Sie musste grinsen, als sie bemerkte, dass die alten Leute in ihrem Garten wie Gartenzwerge aussahen. Einer von beiden steckte kopfüber in den Erdbeeren, der andere schuffelte Unkraut im Salat. Wer wer war, konnte Andrea nicht erkennen. Sie rief: „Guten Tag Herr und Frau Leuter.“

Beide richteten sich auf und drehten sich zu ihr um. „Ahh! Kind! Dat is abba fein, dat du mal komms!“

Auch Herr Leuter rief etwas Ähnliches. Andrea seufzte: jetzt würde es anstrengend werden.

„Komm, Kind! Has du schon mal so eine Tomaat jesehn?“ Eifrig zog Herr Leuter Andrea in den Garten. „De sind janz natürlich, ‚bio‘, wi se heut saren.

Nu kuck ma, wat di jross sind! Di kriejen der Mist von dem Meuser, Hannes. Komm, isch zeich disch de Jarten."

„Herr Leuter, ich bin eigentlich wegen dem Apfel hier, der Ihnen gestohlen worden ist..."

„De Appel... Ahh! Joa! De Appel! Nee, dat is jerejelt!" mischte Frau Leuter sich ein und hakte sich an Andreas freier Seite unter: „Wir habe mit dem Reuter, Ruth jeredet – äh... dem Jung seine Mutter. Dat hät uns dat Jelt zurückjejebn. Dat is alles jerejelt. Kuck he: de jrüne Böhnchen. Haste schon mal so feine jrüne Böhnchen jesehn?"

Ergeben ließ Andrea sich von den stolzen Eheleuten durch den gepflegten Garten ziehen. Sie bewunderte und bestaunte in angemessenem Maße das Gemüse, die Obstbäume und -sträucher. Leuters erklärten ihr genau, ausführlich und enthusiastisch ihren Garten und die Pflegemaßnahmen, die sie unternommen hatten, was sie gerade taten und was noch anstand. So lernte Andrea auch, dass Kohl niemals da stehen durfte, wo im Vorjahr schon Kohl gestanden hatte, dass Möhren und Zwiebeln nebeneinander ausgesät werden sollten und Spargel am besten in Sand gezogen wurde. Andrea hatte nicht gewusst, was sie sagte, als sie ihrem Chef erklärt hatte, sie wolle anschließend an den Besuch bei Leuters zu Mittag essen. Wenn sie hier wegkam, würde es Zeit fürs Abendessen sein.

„Komm, Kind, eß mit uns."

Andrea wachte auf: war die Führung vorbei?

„Wir habn nich viel, nur n bisschen..." Frau Leuter nötigte Andrea, sich auf einen wackeligen Stuhl im Garten zu setzen. Schnaufend schleppte Herr Leuter einen kleinen Tisch zu ihr. Als Andrea sah, wie er sich abmühte, sprang sie auf. Aber der Mann entriss ihr entschieden den Tisch: „Setz disch, Kind. De is zu schwer für disch."

Gehorsam setzte Andrea sich wieder auf den alten Stuhl und sah den beiden alten Leuten zu, wie sie trockenes Brot, eine kleine Gurke, drei kleine, schrumpelige Tomaten, Käse und ganz wenig Aufschnitt auf den Tisch stellten. Nichts davon schmeckte.

„Was machen Sie mit dem ganzen Gemüse, dass Sie hier im Garten haben?" fragte Andrea. Sie konnte sich nicht erklären, warum in diesem vorbildlichen Garten so tolle Früchte wuchsen, sie aber keine einzige davon auf dem Tisch hatten.

„Di sind für dem Winter", erklärte Herr Leuter stolz.

„So habe wir de janze Winter Jemüse, weißte?"

Andrea nickte nur.

„Wir habe im Keller eine jroße Eiskasten. Dem machen wir jede Sommer voll. Un wir kochen di Äppel ein, un di Pflaume... De janze Winter könne wir dann davon esse."

‚Und warum können wir das Zeug nicht jetzt frisch essen?' seufzte Andrea in Gedanken. Sie

spülte das trockene Käsebrot mit schalem Mineral-
wasser herunter.

„Weißte wat Neues von dat Antonia, Kind?"
fragte Frau Leuter neugierig. „Weiß-te, isch hab
nachjedacht: kann et nich sein, dat dat Antonia
misch janz falsch verstande hät?"

„Wie kommen Sie darauf?"

„Ja, weißte... Wi soll isch disch dat sare? Isch
hab dem Antonia immer jesacht: ne aufrejende Tee
kochs du mit Wasser! Nur mit Wasser. Un di...
weißte... di Jrümmel machs du raus. Dann trinks
du de Tee... Abba wenn dat Kind di Jrümmel drin
jelasse hät... du weiß schon: mitjetrunke hät..."

Andrea kapitulierte. Sie verstand rein gar
nichts. Antonia war an ‚aufmunterndem Tee' gestorben, weil sie die Teeblätter mitgetrunken
hatte? Andrea wusste, dass es unter gewissen Vo-
raussetzungen – wenn es um einen Teekenner ging
– eine Katastrophe war, grünen Tee mit kochen-
dem Wasser zuzubereiten. Aber dass es Tee gab,
von dem man starb, wenn man die Blätter mit-
trank, davon hatte sie noch nie gehört. Wahrscheinlich hatten beide Leuters zum Frühstück einen schönen, starken Joint gehabt und sonst
nichts.

„Weißte... wenn du di Jrümmel kochs, has du
nur di jute Dinge, di doa drin sind. Dann siehs du
Engelche... weißte?" zwinkerte Herr Leuter.

Nein, Andrea wusste nicht! Halluzinogener Tee? Was rauchten diese Leute? Bauten die ihr Haschisch selbst an? Und bekam die Hanfproduktion auch nur Mist von ‚Meuser, Hannes'? Und wenn ja: womit fütterte der Mann seine Viecher?

„Abba wenn du de Jrümmel auch trinks..." plapperte Frau Leuter weiter und ihr Mann übernahm wieder: „...dann kommt dat heilije Feuer..." erklärte der zittrige Mann mit verstörtem, warnendem Gesichtsausdruck und einer bedrohlich in der Luft flatternden Hand.

Andrea musste aufpassen, nicht laut aufzustöhnen.

„Un dat is janich schön! Doa has du Krompe, doofe Knoche un kotzt alles aus, weißte? Un du siehs rosa Mäus."

Andrea hörte wieder zu: Krämpfe und Halluzinationen? Antonia hatte beides gehabt. „Moment! Was meinen Sie mit ‚Jrümmel'?" Andrea verrenkte sich fast Zunge und Kehle, als sie versuchte, nach dem ‚j' ein ‚r' auszusprechen.

Die alten Leute sahen sie ungläubig an. Dann erklärte Herr Leuter: „Di Jrümmel!"

Bei ihm klang das so einfach.

Herr Leuter bewegte die Finger, als ließe er Sand hindurch rinnen: „Weißte... de... dat Hungerkorn..."

Von ‚Hungerkorn' hatten Leuters schon mal gesprochen. Aber was war ‚Hungerkorn'? Mutterkorn? Sie fragte nach.

Leuters sahen sie verwirrt an, dann fasste Frau Leuter sich: „Joa, joa, so sacht man auch. ‚Moderkoere. Weißte, de Name kommt davon, dat di junge Mätsche dat füher jenomme haben, wenn eine Mann di besucht hat un de Weiberheld ein Andenke doa jelasse hät."

Andrea sah sie ungläubig an: wieso sollten junge Mädchen früher Gift genommen haben, wenn ein Mann sie besuchte? Und was für ein Andenken? Oder ging es um die halluzinogene Wirkung? Andrea blieb keine Zeit zum Überlegen.

„War dat Antonia in Umstände?"

‚Uff!' machte Andrea innerlich. Wie bekamen Leuters jetzt diese Kurve?

„Weißte, füher, wenn de dat noch nich in et Krankenhaus wech mache konntes, doa haben di junge Mätsche schon mal wat von di Jrümmel jejesse. Dat Antonia war ab un zu sehr resolut jewes."

Mutterkorn für Abtreibungen? Das wäre eine sinnvollere Erklärung als ein von jungen Mädchen erwünschter Rauschzustand. Andrea war froh über die moderne Medizin. Und die Möglichkeit, unverheiratet und schwanger nicht aus der Gesellschaft ausgestoßen zu werden.

„Is dat nich en Unjlück, dat Swantje dat Antonia abjemurkst habe soll? Di ware dicke Freunde! Jede Donnerstach haben di sisch jetroffe un jekwatscht…"

„Un Schampanjer haben di jesoffe", ergänzte Herr Leuter. Nach einem Blick von seiner Frau schwieg er aber wieder.

Sie fuhr fort: „Un dat soll dat Antonia verjiftet habe? Dat jlaub isch nich! Abba de Peters-Jo... Di Politsai hat dem in et Verhör jenomme..."

„Armine, Mätsche, komm he!" rief Herr Leuter und unterbrach damit seine Frau. Er winkte der Frau, die um die Hausecke kam.

Sie sah ziemlich missmutig aus. Frau Leuter begrüßte sie ebenso begeistert wie ihr Mann. Andrea sah die perfekte Möglichkeit gekommen, um sich zu verabschieden. Doch bevor sie aufstehen konnte, strahlte Frau Leuter sie begeistert an: „Kuck, Kind, dat is dat Armine Densen. Komm setz disch, Arminsche, setz disch!"

Armine Densen hatte das schwarze Haar zu einem strengen Knoten zusammengebunden. Einige graue Haare ließen sie alt wirken. Vom Gesicht her schien sie aber jünger zu sein, etwa Mitte vierzig, schätzte Andrea. Sie gab der missmutigen, dünnen Frau die Hand: „Hallo. Andrea Jansen."

Die Frau lächelte und sah damit gleich sehr viel netter aus: „Ja, ich weiß. Sie sind meine neue Nachbarin. Hallo."

Andrea sah sie überrascht an: sie hatte die Frau noch nie gesehen.

Kichernd, lachend, mit Dramatik und gespieltem Unglauben, mit Entsetzen und Sensationslust in den Stimmen und auf den Gesichtern führten die beiden Leuters und Armine Densen Andrea in den Klatsch und Tratsch des Dorfes ein. Sie konnten innerhalb von Sekundenbruchteilen die entsprechende Miene, Geste und Tonlage zwischen sensationslüstern, betroffen, mitleidig und entsetzt treffen. Viel verstand Andrea aber nicht: sie gab sich nicht viel Mühe, den Dialekt zu verstehen.

Immer wenn Andrea sich dazu durchgerungen hatte, so unhöflich zu sein, sich aus der Runde zu verabschieden, spendierte Herr Leuter ihr und sich selbst eine Scheibe von der Gurke. „Komm, Kind, wir jönne uns noch wat Vitaminsche..." erklärte er jedes Mal. Andrea bewunderte ihn für die Fähigkeit, so dünne Scheiben von der kleinen Gurke abzuschneiden, dass sie mehr als fünf Scheiben bekam.

Als Andrea sich schließlich auch nicht mehr mit den Gurkenscheiben zu Höflichkeit erpressen ließ, übernahm Frau Leuter die Erpressung: „Weißte, Kind, dat Arminsche hat dat Antonia jut jekannt."

Andrea fluchte über ihr Pflichtbewusstsein. Oder über ihre Neugier – je nach Bösartigkeit der Auslegung. Sie setzte sich wieder.

„Sie haben sie gefunden, oder?" Andrea seufzte dankbar darüber, dass Armine Densen auch Hochdeutsch sprach.

„Ja, genau."

„Das tut mir sehr leid! Es ist schrecklich, dass dieser... dieses Ereignis das Erste ist, was Sie von unserer schönen Ecke mitbekommen haben!"

Andrea lächelte die Frau beruhigend an: „Danke. Aber das macht nichts. Ich bin nicht so empfindlich."

„Ich wünschte, das könnte ich auch sagen. Ich kann mich noch gar nicht an den Gedanken gewöhnen, dass... dass sie nicht mehr da ist."

„Et fällt disch schwer, nich war?" seufzte Frau Leuter mitleidsvoll und tätschelte Armine Densens Arm.

„Untrennbar ware di Zwei... Un de Jan... de Mann von dat Antonia war auch immer dabei. De hat dem Arminsche jeholfe, als dem seine Mutter abjekratzt is. Doa war dat Antonia wech jewesn", nuschelte Herr Leuter.

Andrea wäre nicht nur, wie Frau Densen, leicht zusammengezuckt, wenn Leuters ihre Mutter als ‚abgekratzt' bezeichnet hätten.

„Abba einmal habe di sich jestritte, di zwei Mätsches", fiel Frau Leuter ein. ‚Sensationslüstern' nannte man den Ausdruck in ihrem Gesicht.

„Ja, aber man streitet sich doch mal", unterbrach Frau Densen sie sofort.

„Ah, joa, Kind, sicher, sich!" bestätigte Frau Leuter beruhigend. „Un ihr habt euch joa wieder vertraren. Dat Arminsche hat soooo tolle Kuche jemacht! Für de Jeburtstachsfeier. Janz toll! Doa hat dat Arminsche sich viel Arbeit jemacht! Jede hat eine eijene Kuche jekricht! Jannnz toll! Un Arbeit sach isch disch..."

„Jeder hat einen eigenen Kuchen bekommen?" wunderte sich Andrea.

„Joa! So kleine, weiß-te! Un mit Sahne hat et di Name auf di Küchlein jeschriebe. ‚Namesschield-sche' hat dat di Küchlein jenannt." Frau Leuter streichelte Armine Densens Hand.

Es war später Nachmittag. Andrea überlegte, ob sie besser versuchte, durch die Luft zu schwim-men, statt zu gehen. Es war ungewohnt still. Sogar den hartnäckigsten Vögeln war es zu anstrengend zu singen. Das Sonnenlicht wurde langsam glei-ßend, weil sich die ersten dünnen Wolkenschich-ten vor die Sonne schoben. Aber Andrea war sich sicher, dass es wieder nicht regnen würde. Sie hatte noch zwanzig Minuten Fußweg bis zum Büro vor sich. Sie war viel zu spät bei Leuters wegge-kommen. Aber ein paar Minuten echter Mittags-pause in einem nahe gelegenen Wäldchen hatte sie sich dennoch gegönnt. Unter den dichten Blättern der Buchen und Eichen war die Luft etwas ange-nehmer gewesen.

Als plötzlich ein Auto neben ihr hupte, fuhr An-drea erschreckt zusammen. Ein Streifenwagen hielt neben ihr. Herr Wilms beugte sich zum Bei-fahrerfenster: „Hallo Frau Jansen. Was machen Sie denn hier?" Er öffnete ihr die Beifahrertüre und Andrea stieg ein. Sie erzählte dem Polizisten von ihrem Mittagessen und der Gartenführung. Zum

Schluss fragte sie: „Leuters haben erzählt, dass Frau Densen und Antonia sich gestritten haben?"

„Ach, ja... So ein normaler Streit wird immer plötzlich schlimmer, wenn später einer von beiden tot ist. Der Streit ist ein halbes Jahr her und ich habe nicht bemerkt, dass eine von beiden noch sauer auf die andere war. Antonia hat Armine so wie jedes Jahr bei den Vorbereitungen für ihre Geburtstagsfeier geholfen. Die waren genauso unzertrennlich wie vor dem Streit. Haben Sie sich noch nie mit ihrer Freundin gestritten?"

Andrea grinste: „Doch, aber nie richtig. Anna hat sowieso immer Recht. Dann gebe ich ihr lieber direkt Recht und wir müssen nicht streiten."

Ungläubig sah Herr Wilms Andrea an: „Ehrlich?"

Andrea lachte: „Sie kennen Anna nicht. Außerdem ist sie meistens bewaffnet."

Herr Wilms lachte: „Gut zu wissen, dass Sie das beeindruckt: bewaffnet bin ich auch meistens."

„Jan Meyer", murmelte Andrea.

„Was ist mit dem?" fragte Herr Wilms, als sie nicht weitersprach.

„Er sagt, er war... oder ist auch mit Armine Densen befreundet. ...dass Antonia und Frau Densen beste Freundinnen waren, er sich aber auch gut mit Frau Densen versteht."

„Ja, und?"

„Wenn Frau Densen und er eine Affäre miteinander hatten..." Andrea brach wieder ab.

„Sie meinen, Armine wollte Antonia aus dem Weg räumen, weil sie sich in Jan Meyer verliebt hat?"

Andrea zuckte mit den Schultern: „Ist nur ein Gedanke. Irgendeinen Grund muss es doch geben."

„Beide bestreiten, eine Affäre miteinander zu haben. Es gibt auch sonst keine Hinweise darauf: die Hotels in der Umgebung kennen beide nicht, sie waren nie zur gleichen Zeit weg und niemand hat sie mal zusammen aber ohne Antonia gesehen. Aber unmöglich ist es nicht."

Andrea seufzte: „Als ich bei ihm war, hatte ich auch nicht den Eindruck, dass er eine Affäre hat."

„Was hat der Taxifahrer eigentlich gesagt?" fiel Andrea ein, bevor sie in die Straße zum Büro einbogen.

„Eigentlich nur, was Leuters Ihnen schon erzählt hatten: er hat Antonia kurz hinterm Ortsausgangsschild gefunden. Sie war am halluzinieren. Hatte aber einen schlechten Trip erwischt. Sie hat über Krämpfe und taube Finger geklagt und wusste nicht, wohin sie ging, woher sie kam und wo sie wohnte. Yarik – der Taxifahrer, Omar Yarik – hat in ihrem Portemonnaie ihren Ausweis mit ihrer Adresse gefunden. Er wollte sie hinbringen. Sie hat sich ziemlich gewehrt, ins Taxi einzusteigen und als sie noch anfing zu würgen, hat er es aufgegeben. Er hat ihr wohl noch erklärt, dass sie umdrehen und in die andere Richtung laufen muss."

„Netter Mann", meinte Andrea.

„Mmh, das ist er wirklich. Er macht sich jetzt ziemliche Vorwürfe, dass er sie nicht mitgenommen hat."

„Das konnte er ja nicht ahnen. – Also wissen wir nichts Neues? Uhrzeit?"

„Das passt alles zu dem, was wir schon wussten. Zwischen 18.30 und 18.40 Uhr hat er mit ihr gesprochen. Er hat niemanden in ihrer Nähe gesehen, sie hat nichts gegessen, aber sie war zu dem Zeitpunkt ja auch schon vergiftet. Sie ist schon vergiftet von der Party weggegangen. Da hat es nur noch niemand bemerkt, weil es sich nicht so deutlich gezeigt hat und sie auch angetrunken war."

Andrea nickte langsam.

„Leuters halten nicht viel von Jo."

„Oh Gott! Ja, stimmt. Jo und Eva lassen sich nicht ‚überwachen' und das passt Leuters natürlich nicht."

„Sie trauen Jo den Mord zu." Andrea blieb absichtlich etwas zurückhaltend.

„Ja, das glaube ich. Aber nur, weil sie es nicht ertragen, dass sie nicht alles über Jo und Eva wissen. Ich glaube nicht, dass deren Meinung in dem Fall objektiv ist."

Andrea lachte auf: „Ich glaube, die haben nie eine objektive Meinung! Ich gebe mir Mühe, den Dorfklatsch zu lernen."

Herr Wilms hielt vor dem Haus des Notars. „Wir haben doch schon mal darüber nachgedacht, warum LSD UND Mutterkorn, richtig?"

Herr Wilms sah sie neugierig an: „Ja, warum?"

„Leuters bringen LSD und Mutterkorn zusammen. Wenn ich das Kauderwelsch richtig verstanden habe, wird ‚Mutterkorn' auch ‚Hungerkorn' genannt. Man bekommt ‚aufmunternden Tee' – ja, genauso haben die das gesagt! – wenn man Mutterkorn in Wasser kocht und wenn man das Mutterkorn mittrinkt oder sonst wie aufnimmt, bekommt man diese Krämpfe. Leuters nennen es das ‚heiliges Feuer'."

„Wieso sollte Antonia plötzlich Drogen nehmen? Vielleicht..."

„War Antonia schwanger? Leuters sagen, Mutterkorn diente früher zur Abtreibung. Scheinbar haben die das auch Antonia erzählt. Frau Leuter hatte die Sorge, dass Antonia das Mutterkorn einfach überdosiert hat."

Der große Mann stöhnte: „Die haben wirklich eine Drogenküche zu Hause, oder?"

Andrea grinste: „Das ist gerade nicht wichtig. Sie sollten hören, dass Mutterkorn scheinbar wasserlösliche, halluzinogene, LSD-ähnliche Substanzen enthält, wenn..."

„Sie haben Recht: Mutterkorn wird auch ‚Hungerkorn' genannt", bestätigte Herr Wilms.

„Antonia hat also kein LSD genommen. Es war nur Mutterkorn."

Herr Wilms stöhnte: „Gott! Wenn das bekannt wird..."

Andrea musste lachen: „Sie haben echt interessante Probleme hier auf dem Land! In der Stadt..."

„In der Stadt kann man sich mit ganz vielen anderen Sachen beschäftigen. Hier gibt es nicht so viel Abwechslung! Hier findet man als Jugendlicher schon mal die Zeit, seltsame Rauschzustände erzeugen zu wollen"

„Ach, Sie erzählen aus Ihrer Jugend!? Ich muss gehen. Ich bin schon viel zu lange weg. Danke fürs Mitnehmen. Wenn Sie sich beruhigt haben, denken Sie mal über Antonia nach", grinste Andrea leicht schadenfroh.

„Hallo Katze", begrüßte Andrea die graue Tigerkatze.

„Mrrau!" machte die Katze und sprang ins Zimmer.

„Ich muss morgen wieder zu Eva und hab gar keine Lust dazu. Sie redet gar nicht mit mir... Vor allem nicht mehr, seit sie weiß, dass ich diese komische Studie Wilms gegeben habe. Ich bin doch sowieso Schuld, dass ihr Mann im Gefängnis sitzt. Aber immerhin redet der mit seinem Anwalt."

„Mrrrrau", erklärte die Katze. Sie hatte scheinbar ein annehmbares Plätzchen auf dem Boden gefunden und legte sich lang hin.

„Danke! Du könntest wenigstens ein bisschen Interesse zeigen! Oder mir Mut machen wegen morgen früh", schmollte Andrea.

„Mau!" erklärte das Biest und rollte sich genüsslich auf den Rücken. Sie streckte alle Viere von sich und präsentierte Andrea ihren hellen, gepunkteten Bauch.

„Dann ruf ich Anna an!" schmollte Andrea wieder. „Nein, ich muss Mama mal endlich zurückrufen", entschied Andrea. Es dauerte nicht lange, bis die Katze zu Andrea auf das Sofa sprang, um sich kraulen zu lassen.

Andreas Mutter hatte sie dazu gedrängt, sich bei dem Ehepaar zu bedanken, dass Andrea in ihrer ersten Nacht in diesem Landkreis aufgenommen hatte. Andrea hatte es immer fest vorgehabt, es aber trotzdem immer wieder verschoben. Aber jetzt saß sie in ihrem klapprigen Auto und suchte den Feldweg, der zum Bauernhof der Familie Bauer führte. Sie hatte im Tante-Emma-Laden des Dorfes ziemlich ratlos vor den Regalen gestanden und überlegt, dass die einfachen Leute wahrscheinlich nicht wussten, was sie mit einer guten Flasche Wein machen sollten. Aber die Inhaberin, Frau Müller, konnte ihr helfen. Jetzt lag eine kunstvoll eingepackte Flasche Korn auf der Rückbank.

„Jansen, richtich?" fragte Frau Bauer etwas misstrauisch.

Andrea lächelte sie an: „Ja, genau. Ich wollte mich bei Ihnen bedanken, dass ich bei Ihnen schlafen durfte..."

„Ach, so ein Kwatsch! Kommen Se rein! Isch hab Tsüüsel jemacht. Na, komm. Mein Mann kommt auch sofort."

Über die Einladung war Andrea froh: die Frau konnte hervorragend kochen. Das hatte sie schon bei ihrem ersten, unfreiwilligen Besuch bemerkt. Da hatte Andrea auch gelernt, dass ‚Tsüüsel' Eintopf war.

„Wat habe Se denn doa?" Frau Bauer hatte die Flasche Korn entdeckt.

„Wie gesagt: ich möchte mich für Ihre Gastfreundschaft bedanken!" Andrea rechnete mit heftigem Widerspruch und einem verbalen Kampf, damit sie die Flasche Korn da lassen konnte.

Aber Frau Bauer strahlte sie an: „Ehrlisch? Dat is für uns? Doa wird sich de Werner abba freuen! Da mag de Korn so jern! Danke, Kind! Dat is sehr nett von disch... von Sie, natürlich!" verbesserte die herzensgute Frau sich.

Andrea lächelte: sie hatte längst begriffen, dass es in diesem Platt keine Höflichkeitsformen gab. Es störte sie nicht, aber Frau Bauer gab sich stets Mühe, das Hochdeutsche ‚Sie' zu übernehmen. Andrea half der kleinen Frau, die sie jetzt wieder an eine aufgeschreckte Glucke erinnerte, den Tisch mit den alten, abgenutzten Tellern zu decken.

„Wem is der Auto?" polterte Herr Bauer, als er in die Wohnküche kam.

„Jib dem der Korn", flüsterte Frau Bauer Andrea zu. Sie drückte Andrea die Flasche in die Hand und schubste sie fast zu ihrem Mann.

„Hallo Herr Bauer. Können Sie sich noch an mich erinnern? Sie haben mich vor fast drei Wochen im strömenden Regen aufgesammelt. Andrea Jansen", sie gab dem Mann die Hand und dann die Flasche. „Vielen Dank für Ihre Gastfreundschaft!"

Das Gesicht des sonst so griesgrämigen Mannes wurde mit einem Mal zärtlich. Andrea meinte, ihn Tränen wegwischen zu sehen.

„De is für misch? Hach, Kind! Dat war doch nich nötich jewesen... Dat war doch selbsverständlich jewesen", erklärte er. Dabei schloss er eine Tür am Eichenschrank auf und stellte die Flasche hinein.

Sorgfältig verschloss er die Tür wieder und betrachtet die Flache noch eine Weile durch das Glas. Frau Bauer zwinkerte Andrea indes vergnügt zu.

Beim Essen erzählten die Eheleute Andrea viel Klatsch und Tratsch, den Andrea am Vortag schon bei Leuters gehört hatte. Die Geschichten der Bauers waren immer etwas anders als Leuters sie erzählt hatten, nicht ganz so extrem, menschlicher. Andrea genoss den Eintopf: er war hervorragend.

Nach dem Essen funkelte Herr Bauer sie aus seinen kleinen, versteckt liegenden Augen freudig an: „Un nu trinken wir ein Körnchen?"

Andrea wollte gerade dankend ablehnen, als sie Frau Bauer eifrig nicken sah. Dem Rat folgend, nickte Andrea.

„Trinks-te mit, Hanne?" wandte der grobschlächtige Mann sich sanft an seine Frau.

„Joa! Jern!"

Sie wollte aufstehen, aber der Mann hielt sie am Arm fest: „Bleib sitzen! Isch hol di ebn!"

„Ich will wat Wasser hole", widersprach die Frau. „Se auch, Frau Jansen?" Frau Bauer zwinkerte so, dass Andrea wieder ihrem Rat folgte.

„Bleib sitzen! Bring isch mit!"

Andrea meinte einen erstaunten Zug um Frau Bauers Mund zu sehen. Herr Bauer stellte die Flasche Korn, eine Flasche Wasser und zwei Wassergläser auf den Tisch. Als er ins Wohnzimmer ging, um Schnapsgläser zu holen, sprang Frau Bauer auf. Sie eilte um den Tisch herum zu Andrea: „Trinken Se de Korn! Dann hat de jute Laune. Wenn Se de nich möje, spucken Se de in dat Wasser. Dat merkt de nich!"

„Ich habe gestern meine Nachbarin kennengelernt", erzählte Andrea. Langsam begann es zu dämmern. Frau Bauer hatte Pudding aus der Speisekammer geholt und auf drei Schälchen verteilt. Andrea hatte mittlerweile herausgefunden, dass die Bauers zu den ärmeren Leuten der Gemeinde gehörten und gut auf ihr Geld achten mussten. Es wunderte Andrea umso mehr, wie freudig die einfachen Leute bereit waren, alles mit ihr zu teilen. Aber ein ‚nein' von ihr ließen beide nicht gelten. Sie freuten sich sehr über Andreas Besuch. Aber langsam war der Gesprächsstoff ausgegangen. Andrea wusste zu wenig von der Landwirtschaft und Maschinen und die Bauers zu wenig über das Leben, das Andrea gewohnt war. Sie waren dazu übergegangen, über die Menschen des Dorfes zu reden, die Andrea schon kennengelernt hatte.

Polizeioberkommissar Wilms war bisher – trotz Andeutungen über Frauengeschichten – am besten, das Ehepaar Leuter am schlechtesten weggekommen.

„Dein Nachbar? Wer is dat denn?"

„Armine Densen."

Beide Eheleute zogen die Stirn in Falten und wiederholten den Namen mehrmals.

„Ich habe sie bei dem Ehepaar Leuter getroffen. Schwarze Haare, sah ziemlich streng aus."

„Wat jrößer?" wollte Herr Bauer wissen.

Kleiner als Andrea, aber grösser als Herr Bauer, also nickte Andrea.

„Ahh, du meins..." fiel Frau Bauer ein und sah ihren Mann an.

„Joa, dat... dat arbeitet bei dem... dem... dem Vandersen-Dieter..."

„Joa, jenau. En janz Nette. Wat ruhich, abba eine Nette... Kann juuuut backe! Lecker Kuche!"

„Was macht Vandersen-Dieter?" wollte Andrea wissen.

„Baak!" erklärte Herr Bauer. Egal, was er sagte, es klang immer wie ein Befehl. Aber er schien nicht anders sprechen zu können.

„Ferkel", half Frau Bauer, als sie Andreas ratloses Gesicht sah.

Andrea lächelte sie dankbar an und überlegte: „Ferkel? Für die Schweinemast?"

„Joa, jenau. Abba de hat Probleme, hat de jesacht."

„Wat für Probleme?" fragte Frau Bauer erstaunt.

„Mit dem Futta. Di Bage verrecke vor de Jeburt un di Säue jebe nich jenuch Milch."

„Woran liegt das?" fragte Andrea etwas erschrocken, dass in einem scheinbar modernen Schweine-Produktionsbetrieb Totgeburten vorkamen. Was sie nicht verstand, reimte sie sich aus dem Kontext zusammen.

„An de Futta. Is schlescht jemischt. abba dat jeht vorbei! Wenn di Säue wieder reines Korn kriejen, jeht et dene wieder jut!"

„Die bekommen Korn?"

„Joa, Weet... Weizen."

„Da arbeitet Armine Densen?"

„Joa, dat janze Jahr schon."

„Auch, als die Schweine das vergiftete Futter bekommen haben?"

„Joa, sischer! Warum frachst du?"

„Nur so", wich Andrea aus. „Ist das nicht auch für die gefährlich, die da arbeiten?"

„Nee, Kind! Di fresse dat Futta joa nich!"

„Wissen Sie, warum das Korn schlecht war?"

„Nee, Kind, dat weiß isch nich. Ich hab keine Ahnung von Korn. Ich mache nur Eerpele un Rööbe...äh... Kartoffele und Rübn."

„Jeht et disch jut, Kind? Ich hab janz verjessn, dat du de Leich jefunde has", fiel Frau Bauer ein.

Andrea lächelte: „Mir geht's gut. Danke."

„Dat war joa wat jewes, dat du he komms un sofort di Leich findes. Dat tut misch so leid!"

„Da kanns du doch nich für", polterte ihr Mann. „Dat is dat Tuck schuld! Dat musste mal so komme."

Andrea sah ihn erstaunt an: Antonia war schuld an ihrem eigenen Tod?

„Dat tote Mätsche war kein so nette Mensch jewesen, wi se saren", erklärte Frau Bauer. „Für uns war dat nie nett jewesen."

„Warum?" Bauers waren die ersten neben Peters, die negativ über Antonia Wiedmann sprachen.

„Dat hat uns immer ausjelacht", erklärte Herr Bauer. „Weil wir arm Leute sind. Alle arme Leute hat dat ausjelacht. Weil wir so viel pujake müssen un dann nich in Ferije fahre könne... Komm, Hanne, uns jeht et jut! Wir haben alles, wat wir für unser Leben brauche un wir haben Freunde! Wir lege dann nich tot in dem Jraben, weil wir fies zu alle Leute sind."

Frau Bauer hatte sich abgewendet und tupfte sich mit einem Taschentuch die Augen. Sie nickte, als sie die Worte ihre Mannes hörte: „Ich weiß, ich weiß. Is nur: dat Mätsche war so fies jewes. Et hat jesacht, unsere Kinder ware wechjelaufe, weil wir so arm sind."

„Dat is nich wahr, Hanne. Wir wollten doch, dat di Kinder wat anders mache. Wir haben di zwei auf di Hochschul jeschickt, dat di nich so viel pujake müsse wi wir. Hör nich auf dat fiese Mätsche, Hanne. Uns Kinder möje uns un di sind jlücklich un di Enkelchen sind jern he. – Wenn et nich tot wär, isch würd et kaputthaue", gestand Herr Bauer Andrea schroff. Frau Bauer tupfte sich immer noch die Augen.

„Frau Bauer, vergessen Sie doch bitte Frau Wiedmanns Worte. Freuen Sie sich über ihre Kinder und ihre Enkel. Seien Sie stolz, dass Sie ihren Kindern die Uni ermöglichen konnten. Das ist nicht billig. Und – vielleicht hilft Ihnen das: Sie können sich immer noch selbst in die Augen gucken."

Frau Bauer nickte wieder und lächelte: „Doa haben Se Recht! Se haben Recht! – Ich hab noch wat Budding."

Herr Bauer strahlte: „Dat is mein Lieb-Mätsche!" Frau Bauer kicherte verlegen wie ein junges Mädchen und ging in die Speisekammer, um den Pudding zu holen.

„Guten Morgen. Ich muss Oberkommissar Wilms sprechen", erklärte Andrea am Donnerstag der großen, finster wirkenden Beamtin am Empfang der Polizeiwache. Sie hatte die Hofmeisters angerufen und das alltägliche Frühstück abgesagt.

„Der ist nicht da! Was wollen Sie denn?" fragte die dürre, schlecht gelaunte Frau.

„Es geht um den Mord an Antonia Wiedmann. Wann ist er denn hier?"

„Der kommt nicht. Der ist bei seinen Jungs."

Andrea starrt die Beamtin perplex an. „Bei ‚seinen Jungs'?" wiederholte sie erstaunt.

„Ja. Der älteste feiert heute seinen vierten Geburtstag, und dann ist am Wochenende noch Kirmes. Da muss der mit den dreien natürlich hin. Montag ist der Oberkommissar wieder da."

Andrea war sprachlos. Sie hatte Herrn Wilms nicht zugetraut, schon drei Kinder zu haben.

„Aber Sie können zu Kommissar Heinrich. Der bearbeitet den Fall auch."

Andrea verstand nicht ganz, warum die Beamtin plötzlich so mitteilsam war, nickte aber.

„Frau Jansen! Was kann ich heute für Sie tun? Möchten Sie mir sagen, dass Herr Peters unschuldig ist? Das weiß ich schon."

„Guten Morgen", sagte Andrea. Sie ließ sich auf einen Stuhl fallen. Es beschäftigte sie mehr, als sie sich eingestehen wollte, dass Herr Wilms Kinder hatte, ihr das nicht erzählt hatte und dass er bis zum Wochenende nicht da sein würde. Was war mit der Mutter? Oder... ‚den Müttern'?

Frau Gustafs, die kleine, freundliche Beamtin, strahlte Andrea an: „Guten Morgen. Möchten Sie auch einen Kaffee? Sie sehen so aus."

Andrea nickte und riss sich zusammen.

„Warum ist Herr Peters unschuldig?"

„Ich habe ihn heute Morgen entlassen", erklärte der LKA-Beamte herablassend.

Andrea unterdrückte die aufkommende Wut über seine zur Schau getragene Überheblichkeit. „Warum? Was ist mit Frau Twanstedt?"

„Frau Jansen, warum sind Sie hier?"

„Ich... ich habe eine Theorie, wer Frau Wiedmann umgebracht hat", erklärte Andrea.

„Ach ja. Und wer?" Er sprach mit Andrea, wie mit einem kleinen Kind.

Sie zwang sich, ruhig zu bleiben: „Frau Armine Densen..."

„Warum?" unterbrach der Beamte sie.

„Sie arbeitet in einem Schweine-Produktionsbetrieb, der vor kurzem Probleme mit vergiftetem Schweinefutter hatte..."

„...und da hat Frau Densen etwas von dem Futter mitgebracht und überlegt: ‚och, ich könnte ja mal an meiner besten Freundin testen, ob das auch für Menschen giftig ist?'"

„Nein, ich denke, das Futter war mit Mutterkorn versetzt. Frau Densen hat etwas von dem Mutterkorn daraus gesammelt. Schweine sind – was den Metabolismus angeht – dem Menschen sehr ähnlich. In diesem Betrieb ‚Vandersen' hatten Sauen Totgeburten oder hatten nicht genug Milch für die Ferkel. Mutterkorn wurde im Mittelalter als Abtreibungsmittel eingesetzt. Ich denke, Frau Densen hat etwas von dem Mutterkorn mitgenommen. Bei ihrer Geburtstagsfeier, einen Tag vor dem Auffinden von Antonias Leiche, hat Frau Densen Kuchen gebacken: für jeden der Gäste einen. Und sie hat die Namen der Gäste auf die kleinen Kuchen geschrieben. Praktisch als Namensschilder..."

„Und wo ist das Motiv?"

Erstaunt sah Andrea den Mann an. „Das weiß ich nicht. Noch nicht. Es ist eine Theorie und ich dachte... Sie hatte das Wissen und die Gelegenheit. Vielleicht fragen Sie in dem Betrieb mal nach, ob es wirklich Probleme mit Mutterkorn gab."

„Erzählen Sie mir nicht, was ich tun soll! So einen Mist! Sie vergeuden meine Zeit! Tote Ferkel und Kuchen als Namensschilder. So ein Quatsch! Ich sage Ihnen was: Frau Twanstedt hat gestanden!"

„Bitte? Was?"

„Ja!" Selbstzufrieden lehnte der Schnösel sich in seinem Bürostuhl zurück.

„Was hat sie gestanden?" fuhr Andrea ihn an.

„Sie hat mit Drogen zu tun. Sie hat zugegeben, mit Antonia Wiedmann oft zusammen Drogen konsumiert zu haben."

„Nicht jede Droge tötet", erklärte Andrea kalt. Sie biss sich auf die Zunge, bevor sie einwenden konnte, dass im toxikologischen Befund kein Hinweis auf regelmäßigen Drogenkonsum zu finden war. „Welches Motiv hatte sie für den Mord?"

„Frau Wiedmann wollte aufhören und Frau Twanstedt hatte Angst, dass Frau Wiedmann sie verraten würde. Also... hat sie sie umgebracht..."

„Und das hat Frau Twanstedt gestanden?" Andrea ließ keinen Zweifel an ihren Zweifeln.

„Nein! Aber so war es! Sie wird Montag dem Haftrichter vorgeführt. Der ist heute und morgen noch im Urlaub..."

Andrea war fertig mit dem LKA-Affen! Sie stand auf, ohne ihm weiter zuzuhören. „Sie irren sich! Wiedersehen!" erklärte sie aufgebracht.

Noch bevor sie aus der Türe trat, hörte sie Frau Gustafs: „Herr Heinrich: hier ist das Gesprächsprotokoll. Das ist Ihre Kopie und die ist für die Akten."

„Was für ein Protokoll?" wunderte sich der Landesbeamte.

„Na, von diesem Gespräch! Ich habe mitgeschrieben, was Frau Jansen gesagt hat. Das macht man doch so, oder?"

„Ja, ja, geben Sie her", murmelte der Mann.

Andrea blieb im Flur stehen. Sie hoffte, dass Frau Gustafs ihr bald auf den Flur folgen würde.

„Frau Jansen. Warum sind Sie denn noch hier?" wunderte sich die kleine Polizistin, als sie kurz darauf in den Flur trat.

„Ich... ich wollte Sie fragen, ob..." Andrea brach ab.

Frau Gustafs nahm Andrea am Arm und führte sie in ein anders Büro: „Kommen Sie! Nehmen Sie den Affen bloß nicht ernst! Einen Scheiß hat der! Der Haftrichter wird ihn auslachen, wenn er dem die Geschichte mit den Drogenpartys bei Swantje Twanstedt erzählt. Twanstedt hat nur von feucht-fröhlichen Abenden gesprochen. Wahrscheinlich haben die nur Sekt getrunken. Und das Motiv hat der sich zusammengebastelt, da weiß der gar nichts drüber – wenn es eins gibt. Ihre Geschichte klingt logisch. Aber auch sehr... komisch... irgendwie. Und das Motiv fehlt: die beiden waren beste Freundinnen! Aber: ich werde auf jeden Fall dafür sorgen, dass Nick – äh... Nick Wilms erfährt, was Sie Herrn Heinrich erzählt haben. Der kennt den Fall besser als ich."

„Danke, Frau Gustafs! – Wann ist Wilms wieder da?"

„Sonntag, denke ich. Seine Schwester wohnt in der Nachbargemeinde. Dann wird er gegen drei – denke ich – zurück fahren. Er wollte noch nicht mal hinfahren, wegen dem Fall. Ich musste ihm eine Polizeieskorte androhen…"

„Seine Schwester? Ich dachte…" Andrea brach ab.

Frau Gustafs kicherte: „Hat Waltraut sie in dem Glauben gelassen, ‚seine Jungs' wären seine Kinder? Das macht sie gerne. Ich glaube, sie will damit alle potentiellen Konkurrentinnen im Kampf um Nicks Herz verschrecken."

Andrea schwirrte der Kopf. Waltraut musste die griesgrämige uniformierte Blondine am Empfang sein. „Es sind nicht seine Kinder?"

„Nein, er hat keine Kinder. – Na ja, keine, von denen er weiß. – Er sagt, er wartet auf die Frau, die ihm das Gefühl gibt, auf dem Mond wäre es schön, wenn sie mit ihm da ist. Ich kann mir zwar nicht vorstellen, dass mir irgendein Mensch jemals weiß machen könnte, dieser kalte, unfreundliche, luftlose, lebensfeindliche Himmelskörper wäre ein schöner, weißer Sandstrand mit sanften, warmen, salzigen Wellen und süßer, nach Zitrone duftender Luft, aber wenn er meint! Aber… ich befürchte für die arme Waltraut: mit ihr fliegt er nicht zum Mond. Er besucht seine Neffen, die Söhne seiner Schwester."

Freitag hatte Andrea Mühe, sich auf ihre Arbeit zu konzentrieren. Immer wieder wanderten ihre Gedanken zu Frau Twanstedt, die gestanden haben sollte. Was hatte sie gestanden? Drogen zu konsumieren? Dass Antonia nicht mehr wollte? Es konnte nicht sein! Der Toxikologe hätte Anzeichen von ständigem oder häufigem Drogenkonsum gefunden. Aber welchen Grund sollte Frau Densen haben, ihre beste Freundin umzubringen? Doch eine Affäre mit Jan Meyer? Aber würde das nicht in der vierten Woche nach dem Mord deutlich werden? Durch gemeinsames Auftreten in der Öffentlichkeit? Andrea konnte sich nicht vorstellen, Anna jemals umbringen zu wollen. ‚Warum war dieser Beamte nicht da, wenn man ihn brauchte?' schimpfte Andrea in Gedanken auf Herrn Wilms.

„Anna, aus welchem Grund würdest du mich umbringen?" fragte Andrea Anna am Abend.

„Geht's dir gut?" schimpfte Anna sofort. „Wieso soll ich dich denn umbringen?"

Andrea seufzte: „Das weiß ich ja eben nicht." Sie erzählte Anna, was sie rausgefunden hatte, dass ihr aber ein Motiv fehlte.

„Mrrau!" machte die Katze und drückte ihren Kopf in Andreas Hand.

„Männer?" Andrea sah die Katze überlegend an. „Die Katze sagt, wenn zwei Frauen sich streiten, geht es um einen Mann", erklärte Andrea ihrer Freundin.

„Sag deiner Katze, dass sie spinnt! Wenn sich zwei Frauen wegen einem Mann streiten, wird der Mann umgebracht!" grollte Anna.

Andrea grinste: sie hatte nichts anderes von ihrer loyalen Anna erwartet.

„Ich muss Schluss machen, Anna. Ich wollte noch zu dem Schweinebetrieb. Kannst du mal nachgucken, ob Heinrich, LKA schon den Haftbefehl für Swantje Twanstedt weitergegeben hat und was da drin steht?"

„Ja, klar mach ich. Montag aber erst."

Kapitel sechs

„Hallo, Entschuldigung. Wo finde ich denn den Chef?" fragte Andrea einen der Arbeiter auf dem großen Hof, auf dem es stark nach Arbeit aussah. Der strenge Geruch nach Schweinen war Andrea schon auf der Straße aufgefallen.

„In Büro", erklärte der Mann mit polnischem Akzent. Er wies auf eine kleine Tür und eilte dann weiter über den Hof. Andrea klopfte an der angegebenen Türe.

„Haah!" hörte sie eine resolute Stimme. Sie trat ein. „Was ist denn jetzt schon wieder? Muss ich euch denn wirklich sagen, wie die Viecher gefüttert werden? Das solltet ihr langsam... Oh! Ich... äh... Entschuldigung! Vandersen. Was kann ich für Sie tun?"

Das Büro wirkte kalt, ungemütlich und war trotz den weißen Wänden dunkel. Tische und alle anderen Ablagemöglichkeiten waren überhäuft mit Papierstapeln. Einige Computer, Drucker und Faxgeräte durchbrachen die Monotonie der Papierstapel. Aber die Geräte schienen kaputt zu sein und nur als Staubfänger zu dienen. Plakate an den Wänden informierten über Schweineanzucht und -pflege.

Andrea lächelte den nervösen Mann an, der angefangen hatte zu schimpfen, bevor er sich zur Türe umgedreht hatte. „Jansen. Hallo. Ich will nicht lange stören. Ich arbeite im Schlichterbüro Hofmeister. Ich habe gehört, dass Sie Probleme mit dem Schweinefutter hatten?" Andrea hatte bemerkt, dass die Leute sehr viel mitteilsamer waren, wenn sie wussten, wo Andrea arbeitete. Und wenn sie ‚Notariat Hofmeister' sagte, mussten die Leute erst überlegen.

„Entschuldigen Sie das Chaos", er hatte Andreas Blick bemerkt. „Das Büro wird in den nächsten Tagen renoviert und ich bereite alles dafür vor. Ja, wir hatten Probleme mit dem Futter. Aber wir haben es in den Griff bekommen", antwortete der Mann ausweichend. Er beobachtete Andrea lauernd.

„Haben Sie noch etwas von dem Futter hier?"

„Nein. Das ist alles an den verdammten Lieferanten zurückgegangen! Probleme mit den Maschinen... Verdammte Scheiße! Wissen Sie, wieviel Schaden ich dadurch habe?"

„Wie haben Sie erkannt, dass das Futter vergiftet war?"

„Mein Vorarbeiter hat es gemerkt, als die ersten Ferkel tot geboren wurden. Diese hirnlosen Hilfsarbeiter können doch gesunde nicht von schlechten Körnern unterscheiden..."

„Woran erkennt man das denn?"

„Sehen Sie: das ist ein normales Weizenkorn",
er nahm eine Handvoll Körner aus eine Tüte und
zeigte sie Andrea. Dann fuhr er fort: „Kranke Körner sind länger und fast schwarz..."

„Mutterkorn?" fragte Andrea bemüht naiv nach.
Der Mann sah sie überrascht an und nickte
dann. Er schien sein Wissen gerne an Interessierte
weiterzugeben. „Ja, genau. Normalerweise wird
das Getreide gut kontrolliert. Um die Grenzwerte
einzuhalten wird bei der Futtermittelherstellung
stark verseuchtes Getreide mit weniger verseuch-
tem verschnitten. Aber bei der einen Ladung haben
scheinbar die verdammten Maschinen versagt."

„Aber... was ist mit dem Getreide für uns Menschen?"

Vandersen schüttelte beruhigend den Kopf:
„Nein, keine Sorge: die Grenzwerte für den
menschlichen Verbrauch sind sehr viel geringer
und die Kontrollen sehr viel strenger."

Andrea lächelte den Mann an: „Gott sei Dank!
Und Sie haben wieder alles im Griff?" Sie kam sich
etwas blöd dabei vor, vorzugeben, dem Mann helfen zu können. Aber es diente schließlich einem
guten Zweck.

„Ja, ja, alles okay! Danke! – Wissen Sie, früher,
bei meinem Vater, da ist der Ferdinand Hofmeister
immer zu uns gekommen. Und hat nach dem
Rechten gesehen. Aber in den letzten Jahren hatte
Hofmeister keine Zeit mehr dafür. Sehr schade!
Aber schön, dass diese Sitte in so angenehmer

Form wieder aufgenommen wird." Sein Lächeln war etwas schmierig.

Andrea ignorierte es und lächelte. „Sagen Sie, Armine Densen, die arbeitet doch hier, oder?"

„Mmh, ja. Warum fragen Sie? Hat sie sich beschwert?"

„Nein! Wollte sie das?" fragte Andrea ehrlich erstaunt.

„Mmh, nee... weiß nich..."

„Sie ist meine Nachbarin. Ich wollte nur mal ‚Hallo' sagen, wenn ich schon mal hier bin."

„Oh, nein, Armine ist heute nicht hier. Sie hat freitags frei. Ich wüsste nicht, was ich ohne sie gemacht hätte."

„Wie meinen Sie das?"

„Als ich das verseuchte Futter hier hatte, konnte ich so schnell kein Neues bekommen. Für die Ferkelchen war das eine Katastrophe. Aber Armine hat extra Überstunden gemacht, damit wenigstens die Ferkelchen weniger Mutterkorn fressen müssen."

‚Scheiße!' schimpfte Andrea in Gedanken. „Sie hat das Mutterkorn da rausgesucht?" fragte sie.

„Mmh! Eine schreckliche Arbeit. Sie hat die mit ein paar anderen Frauen zusammen gemacht. Die haben mich echt gerettet. Deshalb tät es mir jetzt wirklich leid, wenn Armine sich wegen irgendwas bei Ihnen beschwert hätte?" Er hatte wieder diesen lauernden Blick.

„Nein, keine Sorge! Armine hat sich nicht beschwert! Was ist mit dem Mutterkorn passiert?"

„Das haben wir in einen Sack geworfen und dem Lieferanten mitgegeben, als der das andere Futter auch abgeholt hat."

„In einen Sack? War das so viel?"

„Mmh! Es war nass dieses Jahr zur Getreideblüte."

,Das hatten Leuters auch mal erwähnt', fiel Andrea ein.

„Würden Sie... also... Ich müsste..." versuchte Vandersen sich zu entschuldigen.

„Oh, ja, natürlich! Vielen Dank für Ihre Zeit! Auf Wiedersehen!"

Samstag räumte Andrea ihre Wohnung auf und putzte. Sie wollte nicht zu Peters fahren. Sie wollte sie im Moment nicht sehen. Ihr ließ es keine Ruhe, dass die arme Frau Twanstedt am Montag dem Haftrichter vorgeführt werden sollte, wenn doch eine andere Schuld war. Irgendwas musste sie dagegen tun! Welches Motiv hatte Frau Densen, Antonia umzubringen? Sie waren Freundinnen gewesen. ,Männer', fiel Andrea wieder ein, was in ihrem Kopf aufgetaucht war, als sie Anna und der Katze von Frau Densen und Antonia erzählt hatte. Antonias Lebensgefährte Jan Meyer? Andrea würde noch mal zu ihm fahren. Mit welcher Ausrede?

„Hallo Herr Meyer", rief Andrea dem Mann vom Bürgersteig zu.

Er sah auf. „Ah, Frau Jansen. Hallo. Was machen Sie denn hier? Wollen Sie zu mir?"

„Ja. Ich wollte mal gucken, wie es Ihnen geht. Sie wirkten letztes Mal so deprimiert." Andrea kam sich sehr verlogen vor.

Der Mann strahlte sie an. Er kam zwischen den Büschen im Vorgarten hervor: „Das ist aber nett von Ihnen! Wirklich! Ich lenke mich ab... wie Sie sehen. Aber das Unkraut musste auch unbedingt mal raus. Kommen Sie, ich mach Kaffee."

Andrea folgte ihm. Sie sah in dem Vorgarten kein Unkraut, aber wenn es dem Mann besser ging, wenn er bei der schwülen Luft im Garten schuftete, wollte sie ihn nicht daran hindern.

„Gehen Sie durch. Auf der Terrasse ist es schöner. Ich bringe den Kaffee."

Andrea setzte sich bewundernd auf einen der Stühle auf der Terrasse. Wein überrankte die Terrasse und es war angenehm kühl im Vergleich zur Gluthitze in der Sonne. Kletterrosen wuchsen an Spalieren hoch und blühten cremefarben und leuchtend rot.

„Warm ist es", seufzte Andrea, als Herr Meyer Kaffee und Tassen auf den Tisch stellte.

„Ja, das stimmt. Aber es soll bald regnen und Gewitter geben."

„Ach, das sagen die schon seit Tagen", erwiderte Andrea.

„Ja, da haben Sie Recht." Eine Weile ließ Andrea das Gespräch vor sich hin plätschern. Sie sprachen über das Wetter, die Kleinstadt und ihre Menschen, die Vorzüge einer größeren Stadt und das fehlende Verständnis der Dörfler für diese Vorzüge. Jan Meyer war ein netter Mann, etwas exzentrisch, aber gebildet und in gewisser Weise weltgewandt. Er sprach oft über seinen Job. Aber immer in einer Weise, dass Andrea nicht herausfand, was sein Job war. Es klang, als wäre er eine Art Berater oder Vertreter.

„Was genau machen Sie eigentlich?" fragte Andrea ihn schließlich.

Irritiert sah er sie an, räusperte sich und erklärte dann in einem etwas überheblichen Tonfall – etwas, was Andrea bisher überhaupt nicht an ihm wahrgenommen hatte: „Ich bin der Vorsitzende des Großgemeindeverbands Mitte-West unserer Umweltschutzbewegung ‚Grüner Engel'."

„Oh!" machte Andrea und hoffte, angemessen bewundernd zu wirken. Laut Herrn Wilms war das die Gruppe, zu der auch Antonia gehört hatte. Außerdem wusste sie jetzt immer noch nicht, was er tat.

„Antonia war auch in dieser Gruppe, oder?"

„Es ist eine Bewegung, Frau Jansen", erklärte Herr Meyer pikiert. „Ja, meine Freundin war auch bei uns. Warum fragen Sie?"

„Och, nur so. War noch jemand aus dem Dorf Mitglied?"

„Wir haben auch keine Mitglieder, Frau Jansen. Wir sind Menschen mit einer gemeinsamen Vision von einer naturgerechten Lebensweise der Menschen. Wir setzen uns gemeinsam für eine faire Behandlung der Natur durch den Menschen ein."

Andrea versuchte ein beeindrucktes und ‚Entschuldigung-für-mein-Unwissen-'Gesicht zu machen. Währenddessen speicherte sie: ‚keine Gruppe und keine Mitglieder!'. Aber naturgerechte Behandlung der Unkräuter im Vorgarten: Mord! Oder war Unkraut-Schuffeln nur Totschlag? Müsste er die Unkräuter nicht umsiedeln, wenn er... Andrea stoppte ihr Gedankenexperiment und hörte wieder zu.

„Swantje Twanstedt, die Bäckerin. Armine war auch manchmal da..."

„Armine Densen?" fragte Andrea nach.

Herr Meyer nickte und zählte noch ein paar Namen auf, die Andrea nicht kannte.

„Wie..." Andrea bremste sich: der Mann reagierte empfindlich auf ‚unsachgemäße' Äußerungen zu dieser... ‚Nicht-Gruppe'. Also eine andere Taktik: „Sie wissen: im Dorf wird viel geredet. Und da habe ich auch gehört, dass Ihre Freundin sich mit Armine Densen gestritten hat. Und das kommt mir so seltsam vor, weil die beiden doch Freundinnen gewesen sind. Aber dann ging es vielleicht um was Sachliches, wegen der Gru... wegen Ihrer... Bewegung?"

Irritiert und abschätzend musterte Herr Meyer Andrea. Erst nach einer Weile, in der sie sich irgendwie unbehaglich gefühlt hatte, antwortete er: „Die haben sich gestritten? Davon weiß ich nichts. Nein, das kann ich mir aber auch nicht vorstellen. Also wegen ‚Grüner Engel‘ bestimmt nicht. Wir sind sehr friedliebend und ziehen immer alle an einem Strang."

Andrea schluckte: eine totalitäre Umweltbewegung war ihr unheimlich.

„Dann war dieser Streit vor einem halben Jahr doch wegen irgendwas Privatem", überlegte Andrea absichtlich laut. Sie wusste und provozierte, dass Herr Meyer sich aufregte.

Er sprang sogar wütend auf: „Die haben sich nicht gestritten! Warum sollten die sich denn streiten! Wegen Strickmustern? So ein Unsinn!"

Andrea beobachtete ihn. Warum regte ihn das so sehr auf? Sie fragte es ihn.

„Weil..." Überrascht musterte er sie. „Weil... Weil es mich ärgert, dass das in Erinnerung behalten wird. Die hatten so eine enge Freundschaft... wir alle drei! Und nach Antonias... Und jetzt, wo sie nicht mehr da ist, erinnern sich alle nur noch an den Streit. Das ist so traurig... Warum gucken Sie so? Finden Sie das nicht traurig, wenn..."

„Ich wundere mich: Sie sagten doch, es hätte keinen Streit gegeben?" Andrea tat verwirrt, freute sich aber insgeheim, ein Stück weiter zu sein.

„Äh… jaah… Ja, na ja, es war kein richtiger Streit", er brach ab.

Andrea runzelte die Stirn: Leuters – also das ganze Dorf – redet davon, aber es war kein ‚richtiger' Streit?

„Also… die… Ich habe das ja nicht so richtig mitbekommen. Aber…" Er zögerte einen Moment. „Aber soweit ich das verstanden habe, ging es um einen Mann, den Armine kennengelernt hatte."

Irgendwas war seltsam, fand Andrea. „Was war denn mit dem Mann?" Andrea saß immer noch ruhig auf ihrem Stuhl. Sie beobachtete den Mann, der sich nervös hin und her wandte.

„Ja, na ja… also ich glaube… er war verheiratet."

„Oh!" machte Andrea nur. Sie fragte weiter: „Kennen Sie den Mann?"

Betroffen sah Herr Meyer Andrea an. Dann erschrak er: „Nein, äh… nein. Wieso?"

Andrea zuckte mit den Schultern: „Er könnte ein Mordmotiv haben oder nicht? Wenn Antonia es seiner Frau sagen wollte?"

Noch betroffener sah der Mann Andrea an: „Meinen Sie?" kam langsam aus seinem Mund.

Andrea nickte: „Ja, das sollten Sie der Polizei sagen. Wenn sie den Mann findet, wissen wir vielleicht auch bald, warum Antonia sterben musste."

Leicht verstört blickte Jan Meyer zu Andrea. Jetzt war er nicht mehr nervös.

„Und wer der Mörder ist", fügte sie hinzu.

„Ich nicht!" rief Herr Meyer aus. Er fügte hinzu: „Äh, ich weiß nicht, wer der Mann ist. Da müssen die Armine fragen."

„Hat sie das wirklich nie erwähnt? Ich habe gehört, Sie haben sich mal sehr um sie gekümmert, als ihre Mutter gestorben ist und Antonia nicht hier war."

Herr Meyer blieb erschrocken stehen. Dann fasste er sich wieder: „Nein, nein. Darüber haben wir nicht gesprochen. Wir haben viel über ihre Mutter gesprochen. Es war ein großer Verlust für sie."

„Ja, das glaube ich", sagte Andrea.

Scheinbar beruhigte das Herrn Meyer. Er setzte sich wieder. Er wusste mehr, als er sagte, da war sie sicher. Aber darum sollten sich die kümmern, die dafür bezahlt wurden – ‚und gerade bei ihrer Schwester Urlaub machten', fügte sie halb grimmig, halb schadenfroh hinzu. Drei kleine Jungs waren sicher nicht erholsam.

„Ich habe gehört, ein Bauer hat gedroht, Antonia umzubringen?"

Herr Meyer nickte: „Mmh, Joachim Peters. Ehrlich gesagt, verstehe ich den Mann. Toni hat ihn immer furchtbar provoziert. Sie hat ihm teilweise schlimme Sachen unterstellt und sie wusste, dass sie ihn auf die Palme bringt, wenn sie ihm krumme Geschäfte nachsagt. Aber sobald sie ihn gesehen hat, hat sie ihn provoziert – und ich konnte sie nicht zurückhalten. – Ich habe Peters mal kennengelernt und mich gut mit ihm unterhalten – als Toni nicht dabei war: der schien mir ganz vernünftig, gut informiert und gut aufgeklärt in Umweltfragen. Wir waren natürlich nicht einer Meinung, aber dass er böswillig die Umwelt schädigt oder vergiftet, kann ich mir nicht vorstellen. Ich glaube, Joachim Peters tut niemandem etwas. Ich glaube, selbst Toni hätte er nie angerührt. Er ist aufbrausend, aber einer Frau würde er nie etwas antun."

Andrea sah Jan Meyer erstaunt an.

Der zuckte mit den Schultern: „Ich lebe ja nicht auf dem Mond. Toni war kein Unschuldslamm. Sie hat gerne provoziert. Und auch wenn ich eine Umweltbewegung führe, weiß ich, dass Landwirte es irgendwie hinkriegen müssen, zu Marktpreisen zu produzieren. Wir Verbraucher müssen umdenken und die Milch nicht für 50 Cent kaufen – als Beispiel. So können wir die Großhändler unter Druck setzen und dann können die Landwirte vernünftig und umweltgerecht produzieren."

Andrea nickte, antwortete aber nicht. Sie wollte keine langwierige Diskussion über den Umweltschutz führen.

„Haben Sie eigentlich keine Kinder, die Ihnen beistehen können? Es ist doch immer einfacher, wenn man gemeinsam um einen Menschen trauern kann", fragte Andrea.

Jan Meyer schüttelte traurig den Kopf: „Nein. Wir haben keine Kinder. Ich wollte gerne Kinder haben, aber Antonia auf keinen Fall. Sie... sie mochte den Gedanken nicht, sich um jemanden kümmern zu müssen. Dabei hätte sie das gar nicht tun müssen: ich hätte mich um die Kinder gekümmert. Aber sie wollte nicht."

„Das tut mir leid", sagte Andrea ehrlich.

„Danke", murmelte der Mann. „Aber zwingen konnte ich sie schließlich nicht. Sie hat früher sogar mal abgetrieben, bevor ich sie kannte. – Hätte sie mein Kind abgetrieben, ich hätte sie sofort verlassen. Das ist Mord! Und nicht mit den Prinzipien von ‚Grüner Engel' vereinbar."

Andrea nickte. Sie musste im Obduktionsbericht nachsehen, ob die Tote schwanger gewesen war und vielleicht mit Mutterkorn versucht hatte, abzutreiben, damit ihr Lebensgefährte nichts bemerkte. Andrea unterhielt sich noch eine Weile mit Jan Meyer. Sie hatte das Gefühl, dass es ihm guttat, über seine tote Freundin sprechen zu können. Als sie ging kam er ihr sehr zerstreut und abwesend vor.

„Wieso sollte er sie denn umbringen?" herrschte Andrea die Katze an: „Sei still, ich will das sehen." Zusammen lagen sie auf dem Sofa und sahen die Nachrichten. Zumindest bis gerade eben. Jetzt wollte die Katze spielen und dabei über den Mord philosophieren.

„Nicht kratzen!" fuhr Andrea die Katze an und schubste sie weg. Die Katze nahm es als Aufforderung: sie stürzte sich auf Andreas Hand. „Verdammt, Katze! Lass mich die Nachrichten sehen! – Ja, ich weiß, dass da immer das Gleiche passiert! Trotzdem! Ruhe jetzt!" schimpfte Andrea.

Beleidigt sprang die Katze vom Sofa und stolzierte in die Küche. Als der Wetterexperte gerade erklärte, dass es ‚morgen oder in den nächsten Tagen' regnen und schwere Gewitter geben würde, hörte Andrea ein lautes Scheppern aus der Küche. Nach einer Schrecksekunde, lehnte sie sich wieder auf dem Sofa zurück und hörte sich den Rest der Wettervorhersage an. Die Katze – Andrea hatte sich noch nicht daran gewöhnt, dass sie jetzt einen Namen hatte – schlich um den Türrahmen herum, miaute Andrea pflichtbewusst zu und setzte sich dann unschlüssig mitten in den Raum.

Als die Nachrichten endeten, rief Andrea die Katze zu sich. Vorsichtig näherte sich die Tigerkatze, schnurrte aber überglücklich, als Andrea sie streichelte. Ihr Blick wurde selig, als Andrea sie hoch auf den Arm nahm.

„Na, du kleiner Mistkäfer! Was hast du gemacht?"

Obwohl Andrea es alles andere als freundlich sagte, schnurrte die Katze weiter. Andrea trug sie in die Küche.

„Ich wusste es", schimpfte Andrea. Auf dem Boden in der Küche lag der Topf mit den geschälten Kartoffeln. Wasser und Kartoffeln waren über den Küchenboden verteilt. „Mistvieh!" sagte Andrea zu der Katze. Sie trug sie zur Tür. Erst als Andrea sie vor der Tür auf den Boden setzte, bekam die Katze wieder mit, was um sie herum geschah. Erstaunt sah sie sich um und dann Andrea fragend an.

„Nee! Du darfst nicht mehr rein! Das ist meine Wohnung, ich zahle dafür Miete und du hast dich da zu benehmen! Und wenn du das nicht tust, fliegst du raus! Ganz einfach!"

‚Und der Mord?' tauchte in Andreas Kopf auf.

Sie schüttelte den Kopf: „Nee! Selbst Schuld! Denk das nächste Mal vorher darüber nach, wie du dich benimmst! Tschüss!" Andrea schloss die Tür und machte sich daran, die Küche aufzuräumen. Beim Essen blätterte sie im Obduktionsbericht: Antonia war nicht schwanger gewesen.

Das ‚Miau' am nächsten Nachmittag auf der Fensterbank hörte sich etwas dumpf an. Andrea öffnete das Fenster und ließ die Katze herein, ohne darüber nachzudenken.

‚Für diff!' erschien in ihrem Kopf. Erstaunt sah Andrea die Katze auf ihrem Wohnzimmerboden an. Sie hatte eine Maus im Maul. ‚Für diff!' erklärte die Katze noch mal mit Nachdruck.

Andrea seufzte. „Ja, danke! Lebt die noch?"

‚Näh', meinte die Katze.

Andrea atmete auf. „Bring sie bitte in die Küche."

‚Natürliff: Menffen effen ja immer in der Küffe!' murrte die Katze in Andreas Kopf.

Andrea ignorierte es und folgte der Katze. In der Küche hockte sie sich neben das stolze Biest. Sie kraulte ihr den Kopf. „Da hast du aber eine schöne Maus erwischt!" lobte sie. Sie hatte mal von ihrer Mutter gehört, dass es gut war, Katzen für ihre Mäusegeschenke zu loben.

‚Is leider totgegangen, wollt ich nicht, ˋTschuldigung!' erschien in Andreas Kopf.

„Das macht nichts! Ich mach Mäuse nicht so gerne tot, weißt du? Ich bin froh, dass du sie tot gemacht hast! Da hast du aber doch ein schlechtes Gewissen, wegen dem Chaos, dass du gestern angerichtet hast, oder?"

Andrea erntete einen vernichtenden Blick, dann stolzierte die Katze davon. Andrea grinste: der Dame sollte man also besser keine Fehler nachsagen. Als die Katze im Wohnzimmer verschwunden war, verfrachtete Andrea die Maus heimlich in den Mülleimer. Dabei fiel ihr Blick aus dem Fenster auf die Straße. In dem Moment fuhren das Ehepaar Leuter mit dem Fahrrad vorbei. Sie fuhren sehr langsam und scheinbar kontrollierten sie jeden Vorgarten und die Zimmer hinter den Fenstern zur Straße hin genau.

„Huhu, Kind!"

„Scheiße!!" schimpfte Andrea mit Leidenschaft.

Sie winkte den Leuters durch das Fenster. Leuters winkten begeistert zurück. Dann stiegen sie von den Rädern ab.

„Neiiiiin!" Seufzend straffte sie die Schultern und beeilte sich, Leuters in der Einfahrt abzufangen, bevor sie bei ihr klingelten. Sie wollte die beiden nicht in die Wohnung lassen und dann nicht wissen, wie sie sie wieder loswurde. „Hallo! Das ist aber eine Überraschung. Was machen Sie denn hier? In der Hitze fahren Sie Fahrrad?" begrüßte Andrea die alten Leute.

„Weißte, Kind, wir mache dat jeden Tach in et Jahr! Jeden Tach in et Jahr fahre wir mit der Fits."

„Wenn et jlatt is, dann doch nich!" unterbrach Frau Leuter ihren Mann.

„Jeden Tag im Jahr? Das ist aber eine Leistung!" bewunderte Andrea Leuters halbwegs ehrlich. Nun wusste sie, wieso die beiden immer auf dem neusten Stand bei Klatsch und Tratsch waren: die Neugier trieb sie jeden Tag mit den Rädern durch die Kleinstadt.

„Joa, wir halten uns jesund!" erklärte Herr Leuter zufrieden und plusterte sich auf.

„Das ist wichtig", erklärte Andrea. Ihr fiel nichts Besseres ein.

„Sach ma, Kind, du bis doch so mit dem Wilms-Nick…" Frau Leuter hatte ihre geheimnisvolle Stimme gefunden. Beim ‚so' verschränkte sie die Zeigefinger ineinander. „De hat joa auch schon bei disch jeschlafen… Jeht misch joa nix an… Heute is dat joa nich mehr so streng. Un de Nick is joa auch eine lecker Kerl! Ein richtich schtaatse Kerl! Zich Weiber möjen dem… abba, wat ich eijentlich fraren will: has du auch jehört, dat de Peters-Jo dat Antonia umjebracht hat?"

„Dat hab ich misch sofort jedacht! De war so jiftich auf dat Antonia… Un dat Antonia hat auch Recht jehabt: de Peters-Jo hat dat schlechte Korn anjebaut."

„Abba dat de dat sofort tot macht…" erregte sich Frau Leuter.

‚Stopp!' beschied Andrea innerlich. Sie hatte eine Affäre mit Wilms? – gut, mit dem Gerücht hatte sie gerechnet. Wilms hatte bei ihr geschlafen? Das stimmte nicht: sie hatte Wilms rausgeschmissen, als sie schlafen gehen wollte. Aber: „Joachim Peters hat ‚schlechtes Getreide' angebaut?"

„Ijaa! Dat hat de Fransens, Schorsch jesacht. Bei dem war de Kerl auch, de Kerl van di Firma.

Weißte, de hat Bauern jesucht, di wo dat Korn aus-
sähn..."

„Wie? Moment!" Andrea stolperte über ihre Gedanken. „Peters haben ‚schlechtes Getreide' angebaut?" fragte sie erneut.

Leuters beugten sich verschwörerisch zu Andrea vor: „Dat Eva-Maria sacht natürlich, dat war
nich so, abba..." Herr Leuter machte eine vage
Handbewegung: „We weiß dat schon..."

Plötzlich bekam Frau Leuters Gesicht einen betont seriösen Ausdruck: „Di haben eine schöne
Hof... Auch eine janz flammneue Hof, mit alle de
moderne Schnik-Schnak... Un dat is teuer, sach
isch disch!"

Andrea erinnerte sich, dass Herr Wilms ange-
deutet hatte, dass es diese Gerüchte gab. Sie beschloss, das Gespräch zu beenden: „Ich muss mich
jetzt leider entschuldigen. Es hat mich gefreut,
dass Sie mich besucht haben! Das war eine nette
Überraschung." Noch während sie das sagte,
schalt Andrea sich für ihre Dummheit: jetzt würden die Leuters jeden Sonntag einen Zwischen-
stopp bei ihr einlegen. „Ich muss jetzt leider wieder
rein: ich warte auf einen Anruf von meiner Mutter",
log sie.

Leuters versuchten noch, Andrea nach ihrer
Mutter auszufragen, aber Andrea blockte jede
Nachfrage ab. Nach ein paar Versuchen akzeptier-
ten die alten Leute, dass Andrea nichts erzählte
und verabschiedeten sich.

Peters hatten ,schlechtes Getreide' angebaut? Genverändertes, mehltauresistentes Getreide? Der Weizen war schon geerntet. Was war, wenn Peters Kontrollen bei diesem illegal angebauten Weizen befürchtet und den billiger an Vandersen verkauft hatten, um ihn los zu werden, und der es an seine Schweine verfüttert hatte? Und wenn Armine Densen das herausgefunden und Antonia davon erzählt hatte? Antonia als Umweltschützerin wollte Vandersen auffliegen lassen und er hatte sie umgebracht? Und jetzt vernichtete er die Papiere über den Getreidekauf, indem er vorgab, sein Büro renovieren zu wollen? Aber warum lebte Armine Densen dann noch? Andrea hatte nicht das Gefühl gehabt, dass Vandersen sie angelogen hatte. Hatte er eine Gelegenheit gehabt? ,Zu viele Fragen und zu viele ,wenn's'!' entschied sie.

Nicht lange nachdem Andrea Leuters verabschiedet hatte, klingelte es an der Haustüre. Sie hatte gerade der Katze erzählt, was Leuters behauptet hatten. Es zu erzählen, half ihr, die anderen Details mit den Neuigkeiten in Verbindung zu bringen. Andrea öffnete die Türe. Ein Schwall der dicken, stickigen Luft kam ihr entgegen und verschlug ihr für einen Moment den Atem.

Armine Densen stand mit einem Kuchen in den Händen vor Andrea: „Hallo Frau Jansen. Ich wollte Sie als Nachbarin willkommen heißen. Gut, Sie wohnen jetzt auch schon eine Weile hier... Aber wie sagt man: besser spät als nie, nicht wahr?"

Überrumpelt ließ Andrea die Frau herein. Sie ging zielstrebig in die Küche. Andrea folgte ihr: der Tag wurde immer seltsamer.

„Wo haben Sie denn Messer?" wollte Frau Densen wissen.

Andrea gab ihr ein großes Messer und begann Kaffee zu kochen. Sie hörte der fröhlich plappernden Frau mit einem Ohr zu.

‚Mordwaffe!' hörte Andrea in ihrem Kopf.

‚Das Messer? Aber warum?' dachte Andrea in der Hoffnung, die Katze könnte Gedanken lesen: ‚Wieso soll sie mich ermorden wollen?'

Sie bekam keine Antwort. ‚Mehl! Der Kuchen', fiel ihr ein und sie überlegte: es gab gegen Ergotamin kein Gegengift und man konnte sich auch keine Toleranz gegen das Gift aneignen. Außerdem hatte Twanstedt gestanden und Frau Densen kein Motiv. Andrea beschloss, von dem Kuchen zu essen, wenn Frau Densen davon aß.

Es wurde eine lustige halbe Stunde, die Frau Densen mit Andrea in der Küche saß, Kaffee trank, über dies und das plauderte und Kuchen aß. Der Kuchen schmeckte sehr gut.

Mit qualvoll verzerrtem Gesicht öffnete Andrea am nächsten Vormittag die Türe.

„Hallo Frau Jansen. Hofmeister hat gesagt, Sie wären nicht arbeiten. Ich habe Ihre Theorie gefunden, also, dass Armine Densen die Mörderin ist... Was ist los mit Ihnen?" Herr Wilms war an ihr vorbei in die Wohnung gerauscht, ohne Andrea anzusehen. Erst als er sich im Wohnzimmer zu ihr umdrehte, bemerkte er ihr blasses Gesicht und die dunklen Ränder um die Augen.

„Mir ist schlecht", stöhnte Andrea. Sie ließ sich auf das Sofa fallen. „Ich hab die ganze Nacht überm Klo gehangen! Und Durchfall hatte ich auch. Aber jetzt ist nichts mehr da, was ich ausspucken könnte."

„Wie? Warum?"

„Hab wohl was Falsches gegessen. Ich hatte noch Gulaschsuppe von Samstag. Die hab ich bis Sonntag in den Kühlschrank gestellt und dann gestern Abend warm gemacht. Aber bei dem Wetter kippt so was wohl schnell um."

„Oh! Das tut mir leid", sagte Herr Wilms. „Kann ich was für Sie tun?"

„Hmm, nee. Danke! Warum sind Sie hier? Und wie war Ihr Wochenende mit ‚Ihren Jungs'?" grinste Andrea.

„Schön, es war sehr schön! Warum grinsen Sie so?" fragte er verwirrt.

Andrea lachte: „Die eine Beamtin, die, die immer so schlecht gelaunt guckt, hat mich in dem Glauben gelassen, Sie hätten schon drei Kinder."

Herr Wilms lachte auf: „Ja, das macht sie gern! Nein, es sind nicht meine Kinder. Nur meine Neffen. Phil ist vier geworden und Jan und Damian sind zwei."

„Zwillinge?" lächelte Andrea. Sie sah Herrn Wilms' Freude über die drei Jungs in seinem Gesicht.

„Ja, eineiig auch noch und jetzt schon Meister im Täuschen", grinste er hochzufrieden.

„Ich nehme an, Sie unterstützen diese Veranlagung?"

„Ich? Nein, natürlich nicht", tat Herr Wilms entsetzt. Sein Gesicht konnte Andrea nicht überzeugen.

„Waren Sie beim Arzt? Sie sehen wirklich nicht gut aus", sagte Herr Wilms besorgt.

„Ach, nein. Ich hab doch nur was Falsches gegessen. Morgen geht's mir wieder gut. Sie sind wegen was anderem hier?"

Der Mann betrachtete Andrea noch einen Moment prüfend, dann wechselte er das Thema: „Sie haben eine interessante Theorie, Ihre Mordtheorie. Wie kommen Sie darauf?"

Andrea erzählte Herrn Wilms von ihrem Besuch bei den Bauers und dem Hinweis auf die totgeborenen Ferkel im Schweinebetrieb Vandersen.

„Was haben Sie sich eigentlich dabei gedacht, dahin zu fahren?" wollte Herr Wilms mit leichtem Vorwurf wissen.

Andrea zuckte mit den Schultern: „Warum nicht? Was ist so schlimm daran?"

„Er hat mit Armine Densen gesprochen. Ich hab eben mit Vandersen telefoniert, weil ich Ihre Theorie überprüfen wollte. Er hat mir erzählt, dass er mit Ihnen gesprochen hat und dass er Armine von Ihrem Besuch erzählt hat."

„Wann hat er mit Armine Densen gesprochen?" fragte Andrea etwas nervös.

„Samstag, warum?"

Sie zuckte mit den Schultern: „Weiß nicht. Es gefällt mir nicht."

„Herrgott! Sie sind in einer Kleinstadt! Sie müssen damit rechnen, dass so was schneller rum ist als die Nachricht, dass der Papst gestorben ist!"

„Haben Sie auch mit Jan Meyer gesprochen?"

„Nein, wieso?"

„Ich war am Samstagnachmittag bei ihm. Wir sind irgendwie auf diesen Streit zwischen Antonia und Frau Densen gekommen. Ich hatte das Gefühl, dass er mehr weiß, als er sagt."

„Frau Jansen! Sie sind IRGENDWIE auf den Streit gekommen?" Herr Wilms sah Andrea teilweise fassungslos, teilweise vorwurfsvoll an. „Wissen Sie, was Sie da tun?"

Andrea sah ihn irritiert an.

„Wenn Armine Densen Antonia wirklich umgebracht hat und sie merkt, wie Sie in der Geschichte rumstochern, was denken Sie, was dann passiert?"

Andrea zuckte mit den Schultern: „Das hab ich auch erst gedacht. Aber dann ist doch nichts passiert."

„Und wieso soll es nicht noch passieren?" Scharfer Vorwurf schwang in Herrn Wilms` Stimme mit.

„Sie war gestern hier. Sie hat mir Kuchen als Willkommensgeschenk gebracht... Nein, keine Sorge: ich habe den Kuchen erst gegessen, als ich gesehen habe, dass sie ihn auch isst."

„Und heute geht's Ihnen schlecht!? Das kommt Ihnen nicht seltsam vor? Sie fragen ihren Arbeitgeber nach Mutterkorn aus, er erzählt es ihr. Sie fragen Jan Meyer nach ihrem Verhältnis zu Antonia und Sie bekommen einen Kuchen, essen davon und dann geht es Ihnen schlecht?"

„Sie hat ihn auch gegessen!" schmollte Andrea.

„Schluss! Sie kommen jetzt mit!"

„Wohin?" fragte sie widerspenstig.

„Ins Krankenhaus! Wenn Sie nicht freiwillig mitkommen, sage ich Marion Gustafs Bescheid! Kommen Sie!"

„Muss man Angst vor Frau Gustafs haben?"

„Ihre Eltern haben eine Karate-Schule. Kommen Sie! Ach, haben Sie noch was von dem Kuchen hier?"

„Mmh, im Kühlschrank." Widerwillig erhob Andrea sich. Sie fand es übertrieben, wegen eines verdorbenen Magens ins Krankenhaus zu fahren. In der Nacht war es ihr sehr dreckig gegangen, aber jetzt ging es ihr doch wieder fast gut!?

„Was haben Sie vor?" wunderte sie sich, als sie sah, wie der Polizist den Kuchen aus dem Kühlschrank zog.

„Der kommt zur KTU! Nein! Ich will nichts hören! Das ist meine Entscheidung und ich werde mich freuen, wenn sie Quatsch war! Los jetzt! Der Wagen ist auf!"

Langsam übertrieb der Mann.

„Gucken Sie nicht so! Ich back Ihnen einen neuen Kuchen, wenn der hier nicht..." Er ließ es offen.

Das Gehen war in Ordnung, aber als Andrea die Treppenstufen von ihrer Wohnung zur Einfahrt heruntersteigen musste, taten ihr alle Muskeln weh. Stöhnend zwang sie sich die drei Stufen hinab.

„Magen verdorben und alles tut Ihnen weh, ja?" höhnte der Polizeioberkommissar ohne Ironie oder Humor.

„Schnauze", murmelte Andrea nur so laut, dass sie sich selbst gerade verstand. Unten angekommen sah sie auf zum Streifenwagen des Polizisten. Sie begegnete Armine Densens Blick. Fassungslos starrte die hagere Frau Andrea an, als sähe sie einen Geist. Andrea kannte den Blick: sie hatte sich selbst die halbe Nacht so angestarrt, wenn sie ihr Spiegelbild gesehen hatte.

„Frau Jansen! Ist Ihnen nicht gut? Sie sehen schrecklich aus!" entsetzte sich Andreas Nachbarin.

Erst wollte Andrea den Polizisten verhöhnen, der sie wegen einer Magenverstimmung ins Krankenhaus bringen wollte. Aber sie war zu müde dazu: „Es ist halb so schlimm wie es aussieht, Frau Densen. Kein Grund zur Sorge." Andrea quälte sich in den Streifenwagen. Sie verfluchte Wilms, weil der nicht mit seinem Privatwagen gekommen war: in den Geländewagen hätte sie mit weniger Gliederschmerzen einsteigen können.

„Guten Morgen Armine."

„Guten Morgen. Was machst du hier, Nick?"

„Ich hole Frau Jansen nur ab. Ihr Wagen springt nicht an und ich war gerade bei Hofmeister, als sie angerufen hat. Da habe ich angeboten, sie abzuholen."

„Das ist nett von dir. Aber... sie kann auch mich fragen: ich könnte sie auch bringen."

„Ich sag es ihr. Tschüss, Armine."

„Na, die haben Sie ziemlich erschreckt", grinste Herr Wilms, als er den Wagen aus der Einfahrt steuerte.

„So wie ich aussehe, erschrecke ich jeden", knurrte Andrea.

„Warum haben Sie eigentlich nichts von den Törtchen erzählt, die Frau Densen auf ihrer Geburtstagsparty als Namensschilder genommen hat?" murrte Andrea. Sie hatte schlechte Laune, alles tat ihr weh und sie musste in einem Streifenwagen sitzen, anstatt in ihrem Bett liegen zu dürfen.

„Ich bin erst später zu der Feier gegangen, wie meine Kollegen auch. Wir mussten noch ein bisschen bei einem Regionalligaspiel aufpassen. Wir haben auch diese kleinen Törtchen bekommen, aber ohne, dass unser Name darauf geschrieben war. Marion hat ihre Eltern am Wochenende danach gefragt. Die haben diese ‚Namensschildchentorten' auch bekommen. – Ihre Theorie ist sehr gut. Logisch von vorne bis hinten. Allerdings auch sehr radikal neu. Ein Motiv fehlt immer noch."

„Meyer weiß mehr als er sagt", murmelte Andrea. „Erst wusste er von keinem Streit, dann war es kein Streit, dann haben die beiden Frauen sich wegen einem verheirateten Mann gestritten, den Armine Densen kennengelernt hatte. Mehr weiß ich nicht. Ich wollte nicht noch mehr fragen. Das wäre unfreundlich gewesen."

Herr Wilms schwieg. Er fuhr schnell über die schmale, von Linden gesäumte Landstraße. Zu schnell für Andrea. Sie schloss die Augen.

„Ich bin Leuters wieder begegnet", fiel Andrea ein. „Die haben gesagt, da wäre ein Mann gewesen, der Bauern gesucht hat, die ‚schlechtes Getreide' aussähen wollen. Der war wohl auch bei... bei ‚Fransens, Schorsch' oder so ähnlich."

„Da haben Sie Jo aber hoffentlich nicht nach gefragt!?" fuhr Herr Wilms sie an.

Sie reagierte nicht auf den Tonfall: „Nein, hab ich nicht. Es ist nur ein interessantes Detail, das Sie vielleicht überprüfen wollen?" Sie sprach völlig emotionslos, es war einfacher so. Sie war müde.

„Mmh... will ich vielleicht", brummte Herr Wilms. „Ich hätte wirklich nicht zu meiner Schwester fahren sollen", murmelte er.

„Warum nicht?" Andrea öffnete die Augen wieder und musterte den Mann.

„Mitten in einem ungeklärten Mordfall? Aber Marion hat mir eine Polizeieskorte angedroht."

Andrea kicherte: „Die Kleine hat Sie gut im Griff!"

Der große Mann lächelte: „Sie ist ein toller Mensch! Hilfsbereit, klug und immer mit viel Herz bei der Arbeit. Mit ihren Karatekünsten droht sie aber trotzdem", grinste er.

„Gott! Wo ist denn das nächste Krankenhaus? Hätten wir ein Zelt für die Übernachtung einpacken müssen?" maulte Andrea.

„Wir sind gleich da."

„Mmh", knurrte sie unzufrieden. Dann fiel ihr ein: „Was sagen Sie dazu, dass Frau Twanstedt heute dem Haftrichter vorgeführt wird?"

„Nicht viel. Ich habe es nur kurz, zwischen Tür und Angel gehört, bevor ich zu Ihnen gefahren bin."

„Wissen Sie, was das Motiv ist?"

„Hmm. Kein schönes…"

„Was ist denn ein schönes Mordmotiv?" schimpfte Andrea und sah Herrn Wilms an, als wäre der übergeschnappt.

„Wir sind da", war seine einzige Antwort.

„Ich hasse Spritzen", jammerte Andrea kraftlos. „Die sollen nach Ergotamin gucken", murmelte sie leise.

Herr Wilms beugte sich zu ihr vor: „Was haben Sie gesagt?"

Andrea saß in einem Behandlungszimmer und presste den Wattebausch auf die Einstichstelle in der Armbeuge. Fünf von diesen seltsamen Röhrchen Blut hatte man ihr abgezapft. Und ihr war doch schon schlecht. Stöhnend ließ sie sich auf die Liege sinken. Sie befürchtete, dass ihr Kreislauf sonst kollabierte. Herr Wilms war zu ihr gekommen, als die Schwester Andreas Folter beendet und das entwendete Blut fortgeschafft hatte.

„Die sollen mein Blut nach Ergotamin untersuchen. Das ist es doch, was sie denken, oder: Frau Densen wollte mich mit Mutterkorn vergiften. Die finden schneller was im Labor, wenn die wissen, wonach die suchen müssen", erklärte Andrea etwas lauter.

Der Polizist verstand und ging die Schwester suchen.

„Wartest du dann draußen, Nick?" bat der Arzt.

Der Polizist nickte, aber Andrea widersprach: „Können Sie bleiben? Ich werde wahrscheinlich nicht alles verstehen, mir ist so schwindelig."

Herr Wilms blieb.

Der Arzt sah Andrea mit einem Funkeln in den Augen an, das Andrea unter anderen Umständen wachsamer gemacht hätte. Aber so wie sie aussah, konnte der Arzt sie niemals attraktiv finden. Er war ein angenehm ruhiger Mann mit einem freundlichen, attraktiven Gesicht und kräftigen Händen. Er hatte dunkles Haar und blaue Augen. Dass die Männer sich kannten, hatte Andrea von Anfang an gemerkt. Sie führte es auf ihre Berufe zurück, die zwangsläufig dann und wann miteinander in Berührung kamen.

„Das Labor lässt ausrichten: vielen Dank für den Tipp mit dem Ergotamin! Sonst säßen Sie jetzt noch hier und würden auf das Ergebnis warten. Also, lassen Sie mal sehen." Er studierte den Zettel vom Labor, dann sah er sie unsicher an: „Sind Sie sicher, dass Nick bleiben soll? Er ist Polizist..." er brach ab.

Andrea stockte der Atem: „LSD? Habe ich LSD im Blut?"

Der Arzt nickte vorsichtig: „Ja. Nicht viel, aber: ja."

Andrea wechselte einen verstohlenen Blick mit Herrn Wilms, dann forderte sie den Arzt auf, fortzufahren.

„Gut, die nächste Nachricht ist noch schlechter: wir haben Ergotamin gefunden..."

Andrea blickte den Mann so fassungslos an, dass der verstummte. Sie saß mittlerweile wieder und sprang jetzt auf: „Diese blöde Kuh... Ohhh", jammerte sie, als ihr Kreislauf sich gegen die plötzliche Belastung wehrte.

Beide Männer fingen sie auf und setzten sie wieder auf die Liege.

„Ich geb' Ihnen was für den Kreislauf", überlegte der Arzt.

„Nein, nicht nötig. Ich... ich hasse Spritzen. Beim Blutabnehmen spielt mein Kreislauf immer verrückt." Selbst in ihren Ohren klang sie wehleidig.

„Wie schlimm ist es? Besteht..." Herr Wilms brach ab.

Der Arzt, der vor Andrea saß, sah zu ihm auf: „...Gefahr für ihre Gesundheit? Nein. Haben Sie schon mal, nach eine feucht-fröhlichen Feier einen ‚Filmriss' gehabt?" wandte sich der Arzt an Andrea.

„Nein."

„Und Sie erinnern sich auch an jede Party ganz genau?" bohrte er nach.

„Nein, nicht an jede. Manchmal fehlen ein paar Stunden. Warum?"

„Ich möchte Sie nur beruhigen: dann waren Sie bei diesen Partys stärker vergiftet, als sie es jetzt noch(!) sind. Also: keine Sorge: Sie kommen wieder völlig in Ordnung! Schonen Sie sich zwei Tage, essen Sie gut und trinken Sie viel Wasser, damit die Giftstoffe ausgespült werden. Das ist wichtig! Ich verschreibe Ihnen auch was gegen die Übelkeit."

Andrea bekam ziemlich bitter schmeckendes Zeug für ihren Kreislauf.

„Schickst du mir den Laborbericht?" fragte Herr Wilms den Arzt in der Zwischenzeit.

„Ja, sicher! Ist doch selbstverständlich!" brummte der Arzt, der nur wenig kleiner war als Herr Wilms. „Sobald die Analysen vollständig sind, fax ich dir den Bericht. Ergotismus, ‚Heiliges Feuer'. Das hatte ich noch nie! Was ist da Zuhause los?"

„Ich komm mal auf ein Bier bei dir vorbei, wenn ich das genau weiß, in Ordnung?"

„Ja, mach das", brummte der Arzt. Dann lächelte er Andrea mit einem entwaffnenden, aber doch etwas spitzbübischen Lächeln an: „Sie sind eine schöne, starke Frau, Frau Jansen, und Nick…"

„Doc!" unterbrach Herr Wilms den Arzt scharf, aber wirkungslos.

„Wissen Sie, mein kleiner Bruder ist eigentlich ein ganz lieber Kerl! Und sehr sensibel. Ehrlich! Er braucht nur eine Frau. Er versteckt sich hinter dieser Polizeiuniform und…"

„…und hofft, dass er eine starke Frau findet, die ihn beschützt! – Ich hatte gehofft, dass ich mir das wenigstens einmal nicht anhören muss!" seufzte Herr Wilms, grinste aber breit. „Warum mischst du dich in mein Leben ein, wenn du nicht mal deins geregelt kriegst?" stichelte der jüngere Bruder.

„Mein Leben ist geregelt!" gab der Arzt zurück.

„Ja, genau! Er ist mit seinem Stethoskop verheiratet und erzählt allen, er und seine Frau wären unzertrennlich", wandte sich Herr Wilms an Andrea.

„Wir sind Tag und Nacht zusammen", bestätigte der Arzt.

„Und das ist vermutlich nicht übertrieben", meinte Herr Wilms.

„Du triffst dich mit genug Frauen für uns beide zusammen", gab der Arzt zurück.

Herr Wilms grinste: „Dann müsstest du doch zufrieden sein."

„Ich dachte an etwas Dauerhaftes, Nick", erklärte Dr. Wilms.

Andrea musste lachen. Kichernd schüttelte sie den Kopf: „Sie sind Brüder? Das hätte ich mir auch denken können! Gerade, als Sie auch anfingen, so besserwisserisch wie er zu sein!" erklärte sie an den Arzt gewandt. Der Arzt hatte ihr nicht glauben wollen, dass ihre Vene im linken Arm besser für die Blutabnahme geeignet war.

Die Brüder beschwerten sich – plötzlich erstaunlich einstimmig – über den Vorwurf der Besserwisserei.

„Da wollte die blöde Kuh mich tatsächlich vergiften", schnaubte Andrea auf der Rückfahrt. Das Entsetzen und die Fassungslosigkeit darüber ließen sie die Gliederschmerzen vergessen. „Aber sie hat doch auch von dem Kuchen gegessen!?"

„Ich werde den Kuchen untersuchen lassen. Scheiße! Dann können wir auch nicht..." Er brach ab.

„Was können wir nicht?" fragte Andrea scharf nach.

„Sie verhaften. Wir können noch nicht beweisen, dass das Gift wirklich im Kuchen war."

Andrea sank in sich zusammen: Frau Densen hatte sie am Morgen ziemlich lebendig – nein, eher ‚halb-lebendig' oder ‚etwas lebendig' – gesehen. Würde sie es noch mal versuchen? Mit einer höheren Dosis? Oder würde sie gleich ein Messer nehmen?

„Warum hat sie für mich weniger Gift genommen als für Antonia?"

„Das kann viele Gründe haben: sie wollte Sie nur warnen, sie hat etwas beim Backen anders gemacht, so dass weniger im Kuchen war, sie hat gar nicht weniger genommen, aber Antonia war aus irgendeinem Grund empfindlicher..."

„Oder es war wirklich nicht im Kuchen. Sie hat ihn schließlich auch gegessen. Aber... Doch, es muss im Kuchen gewesen sein!"

„Das finden wir raus! Ich werde dem Labor sagen, dass es eilig ist!"

„Dann ist Frau Twanstedt unschuldig", überlegte Andrea.

Einen Moment stolperte Herr Wilms Andreas Tempo hinterher, dann wusste er wieder, wo sie in Gedanken war: „Mmh, stimmt. Das wird Heinrich aber gar nicht gefallen."

„Sie haben eben gesagt, Frau Twanstedt hätte ‚kein schönes Motiv'. Was ist das für ein Motiv?"

Herr Wilms seufzte: „Sie hat ein umfassendes Geständnis abgelegt..."

„Was? Wie? Sie..." Andrea schwieg.

„Ich weiß auch nicht, was ich davon halten soll. Sie hat zu Protokoll gegeben, dass sie sich oft mit Antonia getroffen hat. Irgendwie so feucht-fröhliche Frauenabende. Bei einem dieser Abende hat sie Antonia von dieser Lebensmittelvergiftung in Roermond erzählt. Und Antonia soll ihr dann immer wieder gedroht haben, dass im Dorf zu erzählen."

„Dann hätte sie die Bäckerei schließen können", überlegte Andrea.

„Mmh, genau."

„Wollte Antonia eine Gegenleistung?"

„Nein, angeblich nicht."

Andrea überlegte einen Moment. „Vielleicht stimmt es ja alles", sagte sie dann.

Herr Wilms stöhnte: „Sie denken zu viel und zu schnell! Was soll stimmen?"

„Vielleicht haben beide Antonia vergiftet. Die Dosis von Frau Densen war zu gering. Wenn Frau

Twanstedt Antonia auch... Aber woher hatte sie Mutterkorn? Vielleicht stimmt es auch nicht."

Herr Wilms seufzte erleichtert auf.

„Es ist seltsam: am Anfang war Antonia ein Unschuldsengel. Niemand konnte sich vorstellen, dass die Frau irgendwem was Böses will. Aber ich finde sie unsympathisch! Also jetzt, aus den Geschichten, die ich von ihr höre. Am Anfang habe ich auch gedacht, sie wäre nett gewesen. Aber jemanden, der so viel Spaß daran hat, andere zu quälen – ob jetzt Jo mit dem Gengetreide, oder das Ehepaar Bauers mit ihrer Armut, oder Frau Twanstedt mit der Lebensmittelvergiftung – kann ich nicht ausstehen. Sie scheint ein hinterhältiges Biest mit Spaß am Unglück anderer gewesen zu sein."

Der Polizist schwieg.

Andrea musterte ihn von der Seite: „Vielleicht wusste sie auch ein Geheimnis von Frau Densen und hat sie damit gepiesackt? Über diesen verheirateten Mann vielleicht. Gab es noch mehr solcher Geschichten?"

„Keine, von denen ich weiß. Aber – mal angenommen, die Geschichte von Frau Twanstedt stimmt: eine Gelegenheit hatte sie, aber hatte sie das Wissen?"

Andrea musterte den Mann am Steuer. Nach einer Weile meinte sie: „Also haben wir jetzt drei Tatverdächtige: Peters mit Motiv und Wissen, ohne Gelegenheit, Twanstedt mit Motiv und Gelegenheit, ohne Wissen und Densen mit Gelegenheit und Wissen, ohne Motiv. – Oh, und den geheimnisvollen Mann, von dem Jan Meyer erzählt hat. – Frau Twanstedt hat sich auch sehr über Jos Verhaftung aufgeregt, als wenn sie gewusst hätte, dass Jo unschuldig ist", fiel Andrea ein. „Aber sie kann auch einfach nur ein netter Mensch sein. Hatte Antonia diese Studie über die Versuche mit Mutterkorn aus dieser Umweltgruppe? Das müssen wir Jan Meyer noch mal fragen."

Herr Wilms nickte, dann wurde sein Gesicht aber hart: „Nein! WIR müssen gar nichts! ICH muss gleich eine Menge tun: ich rede noch mal mit Jan Meyer wegen dem Streit, der Studie und diesem Mann, und mit Peters und Fransen wegen dem Gengetreide. Dann gucke ich mir die Aussage von Twanstedt an und frage sie, wie sie Antonia vergiftet hat – und, weil sie mir das wahrscheinlich nicht sagen kann, frage ich sie dann, warum sie lügt und wen sie deckt. Und ich warte auf Ihre Blutuntersuchung. Und Sie GEHEN INS BETT! Nein! Keine Widerrede! Der Doc hat gesagt, Sie müssen sich ausruhen und schonen!"

„Der Arzt ist Ihr großer Bruder und Sie haben sicher nicht immer auf ihn gehört! Warum muss ich? Außerdem geht's mir gut..."

„Ich habe es befürchtet! Ich stelle Ihnen Marion neben das Bett, damit Sie bloß da drin bleiben!" drohte Herr Wilms.

„Nein, nein, schon gut! Ich werde mich hinlegen und ausruhen! Aber ich gebe Ihnen nur einen Tag! Wenn Sie morgen keine Ergebnisse haben, mache ich wieder mit!"

Erstaunt blickte Herr Wilms in Andreas Gesicht und musste herzlich über ihre entschlossene Mine lachen.

„Ja, ist gut, Frau Anwältin! Der Deal ist fair!" neckte er sie.

„DU HAST WAS?" schrie Anna durchs Telefon.

Andrea hatte nach dem Arztbesuch zwei Stunden selig geschlafen und war mit guter Laune aufgewacht. Ihr ging es besser, aber Gliederschmerzen hatte sie immer noch. Im Briefkasten fand sie die Medikamente, die der Arzt ihr verschrieben hatte. Erst hatte sie sich gewundert, aber als ihr einfiel, dass sie die Rezepte nie in der Hand gehabt hatte – Herr Wilms hatte sie an sich genommen – wusste sie, wer bei der Apotheke gewesen war.

Es war früher Nachmittag. Und als Andrea ihren Magen vor Hunger knurren hörte, jubelte sie innerlich. Ihre Oma sagte immer: ‚Hunger kommt nur zu gesunden Menschen.' Andrea hatte sich ein paar Nudeln gekocht, nur um sicher zu gehen, dass sie auf keinen Fall verdorbene Lebensmittel zu sich nahm und ihren angeschlagenen Organismus noch mehr belastete. Sie wollte nur die Nudeln essen, keine Sauce dazu, kein Ei darüber und erst recht kein Fleisch dabei. Bevor sie ihrem Kühlschrank wieder traute, musste der Kuchen von Frau Densen untersucht sein.

„Ich hab eine Ergotamin-Vergiftung", nuschelte Andrea mit Nudeln im Mund. Genau das hatte sie vorher schon gesagt. Anna schwieg. Andrea grinste: Anna war selten sprachlos.

„Ich komm zu dir! In drei Stunden bin ich da."

Andrea schüttelte den Kopf, obwohl Anna das nicht sehen konnte: „Du brauchst fünf Stunden bis hier. Mach dir keinen Stress. Komm am Wochenende! Wilms hat mich eben ins Krankenhaus geschleppt. Jetzt hab ich Hausarrest und Medikamente. Der Arzt sagt, in zwei Tagen bin ich wieder okay."

„Der verdammte Dorfsheriff hat einen Scheiß-Orden verdient!" knurrte Anna.

Andrea musste wieder grinsen: so viele Schimpfwörter benutzte Anna nur in einem Satz, wenn sie sich erschreckt hatte.

„Ich komm am Wochenende, Kleine! So oder so! Ich bring Fabian mit, okay?"

Andreas Herz hüpfte vor Freude. Sie verbrachte noch eine ganze Weile damit, Anna die ganze Situation zu erklären, ihr zu versichern, dass es ihr verhältnismäßig gut ging und dass sie nichts mehr essen würde, was von einer Mordverdächtigen kam. Danach rief sie Hofmeister und ihre Mutter an.

Kapitel sieben

Am späten Abend klingelte es an der Haustüre und Andrea erschrak. Sie war erstaunt über sich selbst, als sie ängstlich zur Tür sah und fieberhaft darüber nachdachte, was sie tun sollte. Sie hatte sich stark und sicher gefühlt. Aber nur in ihrer Wohnung, wenn niemand an der Tür stand und hinein wollte. Was sollte sie tun, wenn Frau Densen davor stand? Die Tür hatte keinen Spion, und es gab auch keine andere Möglichkeit, herauszufinden, wer vor der Türe stand. Als Andrea bewusst wurde, dass sie mit verschwitzten Händen und wild klopfendem Herzen im Flur, drei Meter vor der Tür stand, schüttelte sie über sich selbst ärgerlich den Kopf: sollte sie vor Angst nie wieder vor die Tür gehen? Außerdem war sie jünger und stärker als Frau Densen!

„Hallo Frau Jansen. Ich wollte mal nachsehen, wie es Ihnen geht! Ach, Sie sehen ja gar nicht so schlimm aus, wie ich dachte... Was ist los?"

Andrea kicherte: „Sie verstehen es, einen aufzubauen: ,Oh, du siehst aber schlimm aus! Aber ich hatte gedacht, es wäre noch schlimmer.' Wollen Sie rein kommen?"

Marion Gustafs nickte gut gelaunt: „Ja, gerne. Entschuldigung, ich wollte…"

„Schon gut", kicherte Andrea, erfreut über den Besuch.

„Haben Sie die Medikamente gefunden?" wollte die fröhliche Beamtin wissen. Sie trug Zivilkleidung: schwarze Cargohose und einfache Bluse. In Uniform wirkte sie grösser.

„Sie haben mir die Medikamente gebracht?" wunderte Andrea sich und bot ihrem Besuch eine Flasche Bier an.

Sie nickte zu dem Bier: „Ja, war ein Befehl von oben. Und dem widersetzt man sich ja nicht", grinste die kleine Frau. „Trinken Sie kein Bier?"

„Nein, ich trink schon den ganzen Tag irgendeinen Kräutertee. Ich hab gedacht, ich warte mit… mit Kaffee, Alkohol und sonst so was noch ein bisschen. Vielen Dank für die Medikamente!"

„Nicht der Rede wert! Ehrlich nicht. Und mit dem Alkohol habe Sie vermutlich Recht. Eine schöne Wohnung haben Sie."

Andrea hatte die kleine Beamtin ins Wohnzimmer geführt und sich ihr gegenüber auf den Sessel gesetzt. „Ist Herr Wilms weitergekommen?"

Die Beamtin grinste Andrea frech an: „Er hat gesagt, dass sie das fragen würden. Und er hat mir verboten, darüber zu reden."

„Und Sie halten sich immer an diese Verbote?" zweifelte Andrea die Aussage an.

Frau Gustafs grinste breit, aber dann wandelte sich ihr Gesicht in erstaunlicher Weise zu einem sehr unschuldigen Gesicht mit tellergroßen, braunen Augen: „Ja, natürlich! Was denken Sie denn, Frau Jansen??"

Es wurde ein sehr fröhlicher Abend. Kichernd und Geschichten aus ihrem Leben erzählend, bestellten die Frauen Pizza beim Pizzaservice und tranken Tee und Wasser dazu. Schnell begruben sie das umständliche ‚Sie'. Erst sehr spät am Abend verabschiedete sich Marion Gustafs von Andrea.

„Ah, Stopp!" fiel ihr an der Haustüre ein. „Jetzt habe ich das doch fast vergessen. Hier", sie drückte Andrea einen Zettel mit mehreren Telefonnummern in die Hand. „Da sind alle Nummern von Nick drauf. Das sollte ich dir geben – wenn irgendwas ist. Sei dir der Ehre bewusst: Nick gibt seine Privatnummern so gut wie nie raus. Und es gibt Frauen, die dafür viel Geld bezahlen würden. Und hier, das sind alle meine Nummern. Auch wenn irgendwas ist. Die sind wohl nicht so ertragsreich, wie Nicks Nummern."

„Ist er wirklich so begehrt oder sagen das nur alle? Ich dachte, er sucht nach einer Frau, die mit ihm auf den Mond fliegt?"

Marion lachte: „Ja, tut er auch. Aber er ist auch begehrt: charmant, freundlich, hilfsbereit und sieht verdammt gut aus. Außerdem ist er als Beamter eine gute Partie und müsste mit fast 30 Jahren mal langsam heiraten, findest du nicht?" zwinkerte Marion. „Einige unverheiratete Frauen aus dem Dorf denken das wenigstens und versuchen es immer wieder bei ihm. Tja, und so kommt er zu dem Ruf, ein Frauenheld zu sein."

„Aber das ist er nicht?"

„Na ja... Er... Ich sag mal, er kann nicht immer widerstehen – und will das bestimmt auch gar nicht."

Andrea lachte: „Und du?" wollte sie wissen.

„Mich kriegt der nicht zum Mond!" entrüstete sich die kleine Frau grinsend. Sie fügte hinzu: „Wir sind Freunde, mehr nicht."

„Guten Morgen Frau Jansen. Geht es Ihnen heute besser?"

Andrea erschrak zu Tode. Sie hatte genüsslich ausgeschlafen und war in Gedanken an den gestrigen Abend kichernd wach geworden. Sie räumte weg, was in Wohnzimmer und Küche vom Abend stehengeblieben war und überlegte dabei, was sie heute machen wollte. Sie merkte ihre Vergiftung kaum noch. Sie wollte schon seit Längerem in die nächste größere Stadt fahren und nach ein paar neuen Schuhen gucken, die sie im Büro anziehen konnte. Ihren Schuhen sah man ihr Alter an und die paar anderen Schuhe, die sie besaß, waren zu leger für ein Notariat. Andrea hatte nie Lust,

Schuhe zu kaufen, aber langsam musste es sein. Und heute hatte sie schließlich viel Zeit: sie hatte frei und die Geschäfte machten nicht – wie samstags in dieser ländlichen Idylle – um zwölf Uhr zu. Noch bevor Andrea sich einen Kaffee hatte machen können, hatte es an der Türe geklingelt. Fröhlich, weil sie meinte Herr Wilms käme, um ihr von seinen Fortschritten zu berichten, öffnete sie die Haustüre.

„Frau Densen", stöhnte Andrea um Fassung ringend. Sie nahm sich zusammen und straffte die Schultern: „Guten Morgen. Ja, danke. Ich hatte nur eine... kleinen Magenverstimmung."

„Ah, schön, dass es Ihnen wieder gut geht! Gestern sahen Sie ja fast aus, wie ein Geist." Frau Densen schob sich an Andrea vorbei und ging in die Küche: „Da habe ich gedacht, ich sehe heute mal nach Ihnen, weil ja auch Ihr Auto noch vor der Türe steht. Es hat mir so leidgetan, wie es Ihnen gestern so elend ging! Und ich backe wirklich gerne! Sehr gerne. Ich habe Ihnen Brötchen mitgebracht."

Die Frau präsentierte eine Tüte und wartete auf Andreas freudigen Dank. Andrea tat ihr mit Mühe den Gefallen.

„Warten Sie, Sie sind wohl immer noch etwas schlapp, oder? Das ist auch verständlich. Ich decke den Tisch, dann können Sie sich noch etwas ausruhen. Lassen Sie mich nur machen."

Andrea wurde ganz elend. Was sollte sie tun? Ein ‚Miauuu' von der Fensterbank im Wohnzimmer brachte Andrea wieder Hoffnung. Aber wie weiter?

Die Katze Samira saß in der Küchentüre. Sie beäugte Frau Densen kritisch und angespannt, als würde sie eine Beute belauern und auf den Moment für den Angriff warten.

‚Sie will dich vergiften', erschien in Andreas Kopf.

‚Ich weiß! Aber was soll ich tun? Essen werde ich die Dinger nicht!'

‚Ruf Nicki!' antwortete die Katze zu Andreas Verwunderung. Sie hatte nicht angenommen, dass die Katze ihre Gedanken lesen könnte. Und sie nannte Nick Wilms ‚Nicki'.

„Frau Jansen, haben Sie keine Butter? Hier im Kühlschrank ist keine", wunderte sich Frau Densen.

„Äh... ja, äh... nein. Ich habe vergessen, Butter zu kaufen. Jetzt habe ich keine mehr", log Andrea. Sie bewahrte die Butter nicht im Kühlschrank auf. Sie hoffte, dass Frau Densen als ‚anständige' Hausfrau einem Kranken niemals Brot ohne Butter gestatten würde. Andreas Oma hatte ihren Bruder immer gezwungen, Butter auf sein Brot zu schmieren, wenn er krank war.

„Oh, nein, warten Sie. Ich hole Butter von mir. Ich bin sofort wieder da."

Andrea atmete auf, als die Wohnungstüre gegen den Rahmen schlug. Aber sie gönnte sich nur diesen einen winzigen Moment. Dann schob sie in ihrer Wohnungstüre einen kleinen Stift nach oben, so dass die Türe von außen geöffnet werden konnte. Sie tippte in Windeseile eine SMS mit dem Inhalt: ‚Sie ist hier mit Brötchen. Tür ist auf.' in ihr Handy und schickte sie an Herrn Wilms. Ihr Blick blieb auf den Brötchen hängen. Sie musste sie loswerden, nur zur Sicherheit.

„Bitte entschuldige, Katze", flehte Andrea und warf den Korb mit den Brötchen auf den Boden. Laut scheppernd schlug er auf. Die Brötchen flogen über den Boden der Küche.

Die Katze grinste: ‚Gut, Andrea! Sehr gut! Schimpf mit mir, damit sie dich hört! Und wirklich glaubt, dass ich es war.'

Andrea kam der Eingebung nach und maulte sehr laut mit der Katze.

„Owiije! Wat is denn he passiert?" Frau Densen stürmte in die Küche. Vor Aufregung sprach sie Platt.

Wie aufs Stichwort warf die Katze sich auf die Brötchen, schob und trat sie durch die Küche, griff sie an, ging in Deckung und schlug wieder nach ihnen. Wie ein wild gewordener Wirbelwind fegte die Katze durch die Küche und riss die Brötchen mit sich. Jedes der Brötchen berührte sie mindestens einmal.

„Dieses elende Katzenvieh! Frau Jansen, die Katze ist ja vollkommen durchgedreht. Ist das Vieh gegen Tollwut geimpft? Oh, nein, das Brötchen war doch noch sauber, du dumme Katze! Dat hät man bloß aufhebe un abwasche müsse. Abba... nee... Och je... abba... Enee! Lass dat Frau Jansen doch wenichstens ein Brötche... Du has doch Flöh un Läus un ander Viecher... un... Nick! Wat machs du denn he?"

Leise war der Oberkommissar hinter Armine Densen getreten. Amüsiert betrachtete er das Spiel der Katze. Aber sie hörte auf zu spielen, sobald sie Herrn Wilms sah. Plötzlich wieder ruhig und erhaben stolzierte sie zu Andrea und setzte sich aufrecht, wie ein Wachhund, vor sie.

„Jetzt sieht sie aus, wie eine ägyptische Katze, die ihre Pharaonin vor Gefahren beschützt, oder?" lächelte Herr Wilms.

„Ja, stimmt", gab Armine Densen zu. „Wieso ‚beschützt'?" fiel ihr dann auf.

Herr Wilms lächelte: „Diese Katze ist eine sehr treue und gewissenhafte Freundin für Frau Jansen. Es gibt nicht viele Freunde, die sich lieber vor aller Augen zum Affen machen, als zu riskieren, dass ihre Freundin mit Mutterkorn vergiftet wird."

Frau Densen erstarrte. Sie antwortete auch nicht mehr.

„Ich muss dich festnehmen, Armine. Du stehst unter Verdacht, Antonia Wiedmann umgebracht zu haben, und du hast Andrea Jansen vergiftet. Wir haben das Gift in deinem Kuchen gefunden."

Frau Densen schwieg.

„Hugo, nimmst du Armine Densen mit?" Herr Wilms wandte sich zu einem großen, rothaarigen Mann in Uniform um.

„Ja, natürlich, Chef! Kommen Sie, Frau Densen!" Fest griff der Mann Frau Densen am Arm und führte sie mit einem anderen Kollegen zusammen hinaus. Er hatte eine helle, freundliche Stimme. Und ein beruhigendes Lächeln für Andrea.

„Wie geht es Ihnen?" fragte Herr Wilms Andrea, während er die Brötchen aufsammelte.

„Geht so…" murmelte Andrea. Sie streichelte die Katze geistesabwesend.

Der Polizist sah auf. „Hugo?" rief Herr Wilms den Kollegen.

„Ja!" Er kam wieder ins Haus.

„Hier, schick die Brötchen bitte per Eilexpress ins Labor. Es ist sehr wichtig! Mach denen Dampf! Und fahrt schon mal. Frau Densen bringt ihr bitte in eine Zelle, den ganzen üblichen Kram! Ich komme später nach. Alles klar?"

„Brauchst du hier keine Hilfe mehr?"

„Nein. Ich will Frau Jansen jetzt nur nicht alleine lassen. Ich denke, ich rufe Hofmeister an."

„Mmh, gut! Und von der willst du Fingerabdrücke und all das?"

„Ja, genau. Das ganze Programm. Sie steht unter Mordverdacht. Und: pass gut auf die Brötchen auf! Das sind die Mordwaffen!"

„Oh!" machte der kräftige Mann erstaunt. Er warf den Brötchen in der Tüte einen Blick zu, als würden sie ihn im nächsten Moment anspringen wollen. „Ja, gut, Nick. Dann sind wir jetzt weg."

„Mmh. Wenn irgendwas ist, ruf an oder frag Marion. Ich bin aber auch gleich da."

„Frau Jansen? Frau... Andrea!"

Andrea wachte auf. Sie saß mit Samira auf dem Schoss auf einem Küchenstuhl. Sie sah zu Herrn Wilms auf.

„Es ist vorbei", erklärte er ihr.

„Mmh."

„Ist alles in Ordnung?"

Langsam schüttelte Andrea den Kopf: „Mich wollte noch nie jemand umbringen."

„Seien Sie froh: mich wollten schon viele umbringen. Die waren aber alle betrunken", sagte Herr Wilms. Es war ein Versuch, Andrea aufzumuntern.

„Mmh", machte sie wieder nur.

„Was halten Sie davon, wenn ich Sie jetzt zu Hofmeister bringe? Da können Sie sich etwas ausruhen und…"

„Die sind heute nicht da. Lassen Sie, es geht schon", erklärte sie. Sie setzte die Katze auf den Boden und stand auf.

„Die Kleine hat Sie wirklich gut beschützt", lächelte Herr Wilms auf Samira hinab. Samira strahlte ihn sehr zufrieden an und strich um seine Beine.

„Mmh. – War… War da wirklich Gift im Kuchen?"

Zum ersten Mal erschien es Herrn Wilms so, als würde sie ihn nicht wie durch einen Schleier ansehen.

„Ja. Ziemlich hoch konzentriert. Aber nicht hoch genug, um einen durchschnittlichen Erwachsenen zu töten, wenn er nicht übermäßig viel davon isst. Keine Ahnung, warum sie es zu gering dosiert hat. Aber das kriegen wir raus. Es war übrigens nur der halbe Kuchen vergiftet."

„Wie?"

„Sie hat ziemlich exakt die eine Hälfte des Kuchens vergiftet, die andere war sauber. Sie muss die Grenze markiert und Ihnen ein vergiftetes

Stück gegeben haben. Sich selber hat sie ein normales Stück genommen, um Sie zu täuschen. Damit hätte sie wohl jeden täuschen können. Der Labortechniker war hörbar beeindruckt von der Methode und der hat schon viel gesehen… Frau Jansen…"

Andrea hatte angefangen zu weinen. Sie zuckte mit den Schultern: „Es war einfach zu viel…"

Herr Wilms zog sie in seine Arme. Ihn rührte die Frau, die so stark schien, als sie Jo und Frau Twanstedt aus der U-Haft holen wollte und nebenbei noch Eva unter Anfeindungen im Stall half. Und die sich jetzt in seinen Armen so zart und zerbrechlich anfühlte.

„Wohin fahren wir?" Andrea saß in ihrem Auto auf der Beifahrerseite, Herr Wilms fuhr.

„Zu Jo und Eva. Die haben bei Ihnen was gut zu machen. Keine Sorge: die sind nicht mehr tatverdächtig. Ich hab mit denen und Fransens, Schorsch gesprochen: es war ein Berater von der Landwirtschaftskammer, von dem Leuters gesagt haben, es wäre ein Vertreter für genverändertes Getreide. Ich hab mit ihm gesprochen: der war auf allen Höfen in der Umgebung. Und über diese Studie haben zu der Zeit alle geredet. Dieses Getreide ist aber noch gar nicht erhältlich. Nirgends! Peters haben niemanden umgebracht! Der Laborbericht

ist auch da: Jo hat ganz normales Getreide angebaut, nichts gentechnisch Verändertes oder sonst
sowas."

„Mmh", machte Andrea und schloss die Augen.
Sie war müde.

„Der Berater sagt auch, dass, wenn es sehr nass
ist zur Getreideblüte, relativ viel Mutterkorn
wächst, vor allem, wenn die Bauern nicht dagegen
spritzen können. Dieses Frühjahr war es sehr
nass. Der Vertreter meinte, viele hätten Probleme
gehabt, einen Zeitpunkt zum Spritzen zu finden.
Wenn Twanstedt das Wissen für diesen Mord
hatte, hatte sie auch die Möglichkeit, an das Gift
zu kommen. Dann stimmt Ihre Theorie mit den
zwei Mörderinnen vielleicht doch."

Andrea war froh, dass der Oberkommissar ihre
Theorie nicht vergessen hatte.

„Sie ist doch auch in dieser ‚Grüne Engel'-
Gruppe... -‚Nicht-Gruppe'. Und in dieser Studie
von Antonia stand auch, dass Mutterkorn hochgif-
tig ist: sie hatte das Wissen bestimmt, wenn Antonia die Studie aus dieser Gruppe hatte." Andrea
konnte sich nicht vorstellen, dass Herr Wilms ihr
Gemurmel verstand.

„Scheiße! Natürlich! Darauf hätte ich auch früher kommen können. Das sollte ich ja noch fragen..."

Andrea schlief ein.

Sie schreckte halb auf, als Herr Wilms nach Eva
und Jo brüllte. Sie hob die Hand leicht zum Gruß,

dämmerte dann aber wieder weg. Sie meinte, Eva mehrmals ‚Oh Gott, Oh mein Gott' sagen zu hören. Dann erklärte Eva: „Lass sie noch im Auto, ich mach das Gästebett schnell fertig."

Was noch in Andreas Bewusstsein drang, war Jos Frage: „Bei der Kleinen haben wir wohl Einiges gut zu machen, oder?"

Sie hörte Herrn Wilms' Antwort nicht.

„Hast du mit dem Doc gesprochen? Muss sie nicht besser ins Krankenhaus?" fragte Eva aufgeregt.

Die Antwort darauf wollte Andrea wissen und sie zwang sich, in diesem halb-wachen Zustand zu bleiben.

„Nein. Der Doc sagt, dass so ein Schock vorkommen kann. Das hängt irgendwie mit dem LSD zusammen, aber auch mit dem Stress heute Morgen. Sie ist schnell wieder in Ordnung, wenn sie etwas Ruhe und Schlaf bekommt."

„Wieso LSD?" wunderte sich Eva.

Andrea hörte die Antwort nicht. Sie spürte später wieder, dass sie sehr behutsam, aber als wöge sie nichts, aus ihrem Wagen gehoben und ins Haus getragen wurde. Sie wollte gerne wissen, wer sie trug, schaffte es aber nicht, die Augen zu öffnen.

„Sie wird lange schlafen. Ich sollte ihr zwei Schlaftabletten geben."

Andrea seufzte: deshalb stand sie völlig neben sich.

„Andrea?“

Andrea spürte eine leichte Berührung auf der Stirn. Langsam schlug sie die Augen auf.

„Hallo. Geht es dir besser?“ Marion Gustafs saß an ihrem Bett.

Ohne zu antworten sah Andrea sich um und versuchte sich zu erinnern, was passiert war. Langsam kam die Erinnerung zurück. Und leider in der korrekten zeitlichen Abfolge, so dass sie erst Angst bekam, als sie sich an Frau Densen mit den Brötchen in ihrer Küche erinnerte.

„Es ist alles in Ordnung, Andrea. Keine Sorge. Ich hab gedacht, du hast vielleicht Hunger?“

Als auch die Erinnerung an die Verhaftung von Frau Densen zurückkam, beruhigte Andrea sich. „Hallo. Was machst du denn hier?“ lächelte Andrea zu Marion auf.

„Ich wollte sehen, wie es dir geht. Eva hat Abendbrot gemacht. Hast du Hunger?“

„Ja, ich komme. Ich muss nur eben...“

„Lass dir Zeit, keine Eile. Bei Eva und Jo kannst du einfach nicht verhungern. Selbst wenn wir uns Mühe geben, alles aufzuessen. Das Bad ist hier um die Ecke und wir sind unten, im Esszimmer, Treppe runter, erste Tür rechts.“ Eva musste Marion gesagt haben, dass Andrea das Haus nicht kannte.

Das Gespräch am Abendbrottisch verstummte, als Andrea ins Zimmer kam. „Hallo", lächelte sie etwas verlegen.

„Andrea! Wie geht's dir? Möchtest du Kaffee? Oder ein Bier?" Eva war aufgesprungen.

Andrea setzte sich auf einen freien Platz an den großen Tisch: „Ich steh noch etwas neben mir. Aber ich glaube, mir geht's ganz gut. Keinen Kaffee und kein Bier, Eva, Danke. Ich möchte meinen Magen noch etwas schonen. Wasser, oder Tee, wenn du hast?"

„Ja natürlich", wirbelte Eva in die Küche.

„Wie spät ist es?" wollte Andrea wissen.

„Acht Uhr. Wir haben gedacht, du wachst irgendwann auf und haben extra gewartet", brummte Jo.

„Dann habe ich zehn Stunden geschlafen?" wunderte sich Andrea. Bei ihrem letzten Besuch hatte er sie vom Hof gejagt. War das jetzt vergessen?

„Und da muss man sich als Beamter anhören, man würde den ganzen Tag nur schlafen", stichelte Herr Wilms.

Andrea grinste nur. „Haben Sie was rausgefunden?" wollte sie dann wissen.

„Sie glauben doch nicht, dass ich Ihnen das sage, oder?" entrüstete sich der Polizist halb ernst, halb gespielt.

Andrea zuckte mit den Schultern: „Ich find das sowieso raus."

„Ich weiß", seufzte Herr Wilms.

„Die Brötchen waren vergiftet, die KT prüft noch, wie stark, und Armine Densen hat gestanden", sagte Marion. „Guck mich nicht so an, Nick! Das hättest du jedem anderen auch gesagt! Außerdem sind wir beide nicht im Dienst! Und noch mehr außerdem: meld es doch dem LKA-Lackaffen! Mach doch! Mach doch!" sang sie provozierend.

Herr Wilms legte ihr lachend und ein bisschen drohend den Arm um den Hals: „Lieber nicht. Wer weiß, was du dann mit mir machst?!"

„Hey, nicht am Esstisch", brummte Jo.

„Sagt mal, ist ‚LKA-Lackaffe' nicht doppelt? So was wie ‚Weißer Schimmel' oder ‚Schwarzer Rappe'?" Eva rauschte mit einer großen Kanne Tee ins Esszimmer. Es war ein schönes Zimmer, das Andrea vorher noch nicht gesehen hatte. Sie kannte nur die große Küche und den Stall. Sie musste Eva mal um eine Haus- und Hofführung bitten – wenn Peters nicht mehr sauer auf sie waren.

„Eine Tautologie? Wieso?" wunderte sich Marion.

„Den Tee hat meine Oma gemacht. Die hat Ahnung, welche Kräutermischung man trinken muss, wenn... ach, egal was ist: die weiß immer, was man trinken oder essen muss. Die schenkt uns jedes Jahr Kräutermischungen gegen alle möglichen Wehwehchen", erklärte Eva und stellte die Teekanne auf ein Stövchen mit Teelicht in Andreas Nähe. Dann erklärte sie: „Ich hab gedacht, LKA steht für LacKAffe?" Sie betonte die entsprechenden Buchstaben.

Marion und Andrea mussten lachen. Herr Wilms und Jo übten sich in seriöser Zurückhaltung und grinsten nur.

„Ach, die feinen Herren..." maulte Eva. „Wenn die beiden zusammen sind, tun die immer so, als wären die was Besseres und alle anderen nur doof", erklärte sie Andrea.

Kurz darauf stand Herr Wilms auf. Er wollte wieder ins Büro, weil ‚auch Beamte ab und zu arbeiten', wie er grinsend an Andrea gewandt erklärte.

Andrea kicherte leise. Sie war froh gewesen, ihn zu sehen und bedauerte jetzt sehr, dass er ging. Er gab ihr ein Gefühl von Sicherheit. Er beschützte sie. Aber er würde sie auch nicht zurücklassen, wenn Gefahr für sie bestünde. Also bat sie ihn nicht, sie mitzunehmen und stichelte freundlich: „Ist das so? Oder sind die Stühle in der Wache bequemer zum Schlafen?"

Herr Wilms war einen Moment sprachlos, aber Marion übernahm souverän die Antwort: „Genau so ist das. Aber nur die Stühle der ‚hohen Herren'. Meiner ist echt unbequem... Ey!" schimpfte sie als Herr Wilms ihr drohend seine Hände um den Hals legte.

„Du solltest jetzt besser den Mund halten, sonst…"

„Sonst was?" provozierte sie.

„Keine Ahnung", seufzte Herr Wilms.

„Andrea, hast du keinen Hunger?" fiel Eva auf.

„Hmm? Doch, schon." Andrea sah auf die Scheibe Brot, die auf ihrem Teller lag. Es war von Eva selbstgebackenes Brot und sah sehr lecker aus.

„Aber?" hakte Eva nach.

Andrea seufzte: „Ist es nicht schrecklich, dass man jemanden mit Brot vergiften kann? Das ist praktisch unser Grundnahrungsmittel." Andrea sah immer noch auf die Scheibe Brot hinab. Sie bemerkte die erstaunten und entsetzen Gesichter der anderen nicht.

„Andrea… ich… wir essen die ganze Zeit dieses Brot. Wir wollen dich nicht vergiften! Ehrlich… wir… wir kämen nie auf den Gedanken! Du kannst das Brot ruhig essen! Es…"

„Maria!" unterbrach Jo seine aufgeregte Frau streng. Dann sah er Andrea an: „Andrea, wir können uns kaum vorstellen, was du durchgemacht hast. Und wir können uns auch nicht vorstellen, wie es dir geht. Aber wir wollen dir nichts Böses! Wenn du lieber etwas anderes als Brot essen möchtest, ist das bestimmt möglich…"

„Nein! Oh Gott!" unterbrach Andrea ihn. „Nein, das wollte ich gar nicht andeuten! Es ist nur… Na ja, ich denke, ich werde mich noch eine ganze Weile daran erinnern, dass mich jemand mit Brot vergiften wollte. Ich wollte euch nichts unterstellen! Oh Gott! Es tut mir leid, das wollte ich nicht!"

Einen Moment schwiegen sie alle. Dann wandte Eva ein: „Nein, du musst dich nicht entschuldigen! Wir müssen uns entschuldigen! Wir haben uns schrecklich benommen! Und... Habt ihr am Freitagabend schon was vor?"

Irritiert sah Andrea Eva an: „Nein,... Ich..."

„Wir wollten grillen, mit allem Drum und Dran. Und wir wollten euch dazu einladen... Praktisch als Entschuldigung, dass wir uns so schrecklich benommen haben... Euch beiden gegenüber." Eva sah Andrea und Herrn Wilms an.

„Wir grillen nur für euch! Nicht, dass ihr denkt..." brummte Jo, dem wohl die Formulierung seiner Frau missfiel.

Herrn Wilms Hand auf seiner Schulter unterbrach ihn. „Ich komme gerne! Wenn ich helfen oder was mitbringen soll, sagt Bescheid! Ich muss jetzt aber wirklich gehen. Schönen Abend noch!"

„Du musst nichts mitbringen! Du bist doch eingeladen", rief Eva ihm nach.

„Und du?" fragte sie Andrea.

„Meine Freundin und mein Freund wollen mich am Wochenende besuchen. Ich denke, die kommen dann Freitagnachmittag schon."

„Das macht doch nichts!" freute Eva sich. „Die kannst du gerne mitbringen! Dann können..." Sie sah kurz zu ihrem Mann, dann fuhr sie etwas verhaltener fort: „Dann können wir vielleicht Benni fragen, ob wir ein Spanferkel oder so bekommen. – Benni ist mein Bruder, der Metzger im Nachbarort."

„Wir können ja mal fragen", brummte Jo.

„Marion, willst du auch kommen?" freute sich Eva.

Marion wehrte ab: „Danke, ich würde gerne kommen, aber erstens müsst ihr euch bei mir für nichts entschuldigen und zweitens muss ich mich das ganze Wochenende verprügeln lassen: meine Cousine muss für eine Prüfung üben. – Karate", erklärte sie Andrea.

Mittwoch nahm Andrea sich noch mal frei, aber Donnerstag und Freitag ging sie arbeiten. Ihr ging es gut. Weil außer ein paar wenigen Beamten, Hofmeisters und Peters niemand von ihrer Beteiligung an der Verhaftung von Armine Densen wussten, änderte sich nichts an ihrer Arbeit und ihrem Leben in der Kleinstadt: Leuters quetschten sie nicht aus. Eva rief Andrea ein paar Mal an und fragte nach ihrem Befinden, ebenso Marion. Von Herrn Wilms hörte und sah sie nichts. Anna und ihre Mutter riefen jeden Tag an, ihr Vater und Fabian ließen immer nur Grüße ausrichten. Fabian hatte noch nicht mal nach dem zweiten Mordversuch angerufen. Und Andrea erreichte ihn auch nicht. Die Sekretärin der Kanzlei erklärte ihr immer, wenn

Andrea auf ihr Telefon umgeleitet wurde, dass es im Moment viel zu tun gäbe. Aber Andreas Herz hüpfte vor Freude, wenn sie daran dachte, dass sie Fabian und Anna am Wochenende sehen würde.

Freitag klingelte es zur Beamten-Mittagszeit an der Haustüre der Hofmeisters. Unbewusst hielt Andrea den Atem an und lauschte auf die Stimme des Besuchers.

„Nick, schön, dich zu sehen. Komm rein! Willst du Frau Jansen mal wieder zum Essen abholen?"

„Hallo Yasmin. Ja, wenn sie Zeit und Lust hat. Der Fall ist gelöst und ich wollte ihr davon erzählen."

„Oh, da wird sie sich freuen! Es war ja auch eine ganz fürchterliche Angelegenheit! Und jetzt ist alles geklärt, sagst du?"

Andrea staunte: so neugierig kannte sie Frau Hofmeister nicht.

„Ja, weißt du, Ferdinand ist nicht da. Und wenn ich ihm sage, dass alles geklärt ist, will der Details wissen... Sonst..." verteidigte Frau Hofmeister sich verlegen.

Andrea hörte Herrn Wilms lachen: „Ich komm noch mal vorbei, in Ordnung?"

„Sie haben den Mord also aufgeklärt?" fragte Andrea den Beamten, der ihr in dem vornehmen und gemütlichen Steak-Haus gegenüber saß. Sie waren die einzigen Gäste.

Der Mann lächelte: „Nein, das wäre gelogen. Ohne Sie wäre der Mord nie vollständig aufgeklärt worden. Dann wäre nur Frau Twanstedt verhaftet worden."

„Ist sie wirklich schuldig?" wunderte sich Andrea.

„Mmh, genauso schuldig und unschuldig an Antonias Tod wie Armine Densen."

„Erklären Sie mir das?"

Herr Wilms lächelte: „Natürlich. Deshalb sind wir hier: Frau Twanstedt hat ihre Aussage nicht widerrufen. Auch nicht nachdem Armine Densen gestanden hatte. Also haben wir Twanstedt ihr Rezept aufschreiben lassen und das Labor hat es mit dem Mutterkorn aus ihrer Wohnung nachgebacken. Sie wusste von Leuters und von Antonia aus diesem Umweltverein vom Mutterkorn. Dass Armine Rezept zu schwach war, um jemanden zu töten, haben Sie ja leider testen müssen. Aber Twanstedts Rezept war auch zu schwach. Aber zusammen war die Dosis tödlich."

Andrea brauchte einen Moment um es zu verstehen. „Das heißt, nur weil beide am gleichen Tag, innerhalb weniger Stunden Antonia etwas Vergiftetes zu essen gegeben haben, ist sie gestorben?"

„Ja genau."

„Wow! Das ist wirklich Pech für Antonia. War es vielleicht abgesprochen?"

„Nein. Beide haben versichert, nichts von dem anderen Mordversuch gewusst zu haben. Und Armine wollte Sie ja auch mit genau dem gleichen Rezept umbringen. Sie wusste nicht, dass die Mischung zu gering war. Die Mischung in den Brötchen war übrigens tödlich. Hätten Sie ein Brötchen gegessen, wären Sie jetzt tot. Aber es waren auch nicht alle Brötchen vergiftet. Zwei hatte sie mit einem anderen Muster markiert und die waren ungiftig."

„Die wollte mich tatsächlich umbringen? Die blöde Kuh! Kommt das vor Gericht?" regte sich Andrea auf.

„Ja, natürlich. Was denken Sie denn? Das steht als ‚Mordversuch' in der Anklage."

„Ich red' mit Onkel Bruno. Vielleicht verklag ich sie auch noch? Die wollte mich echt vergiften."

„Sie hat Sie vergiftet! Das allein ist schon strafbar!" warf Herr Wilms ein.

„Stimmt", fiel Andrea fassungslos ein.

Herr Wilms musste grinsen: „So richtig vorstellen können Sie sich das nicht, oder?"

„Nein", gab Andrea zu.

„Was war denn jetzt das Motiv von Frau Densen?" wollte Andrea wissen.

Herr Wilms stöhnte: „Ja, das ist etwas kompliziert und sehr spannend: Jan Meyer, der Lebensgefährte von Antonia, hatte eine kurze Affäre mit Armine Densen, als Antonia einen Monat lang nicht da war. Sie war immer wieder mal zwischendurch verreist, gehörte zu ihrem Job. Armines Mutter war kurz bevor Antonia abgereist ist, gestorben und Armine litt sehr darunter. Meyer hat sich in der Zeit sehr intensiv um sie gekümmert. Dieses ‚Kümmern' endete in der kurzen Affäre. Die hat aber nur ein paar Tage gedauert. Bevor Antonia wieder da war, hat Armine sie beendet. Meyer wollte Armine nie wiedersehen. Dann hat er es sich anders überlegt, weil es ohne Armine ‚auch doof' wäre. Er hat ihr erklärt, dass er, als sie die Affäre beendete, der Meinung war, er würde nichts für seine Freundschaft und seine Fürsorge wiederbekommen..."

„Das hat er gesagt? ‚Wenn ich dich trösten soll, musst du zum Dank dafür mit mir ins Bett'? Da wäre ich auch sauer!"

Herr Wilms nickte und fuhr fort: „Das hat Armine auch verletzt, aber sie wollte es vergessen. Später hat Antonia Armine erzählt, dass sie von der Affäre wusste. Und sie hat sie ausgelacht, weil sie so naiv war zu glauben, dass Meyer sie aus Nächstenliebe oder als Freund getröstet hätte. Darum ging es auch in dem Streit, von dem Sie gehört haben."

„Also hat sie Antonia vergiftet, weil Antonia bei ihr eine Wunde entdeckt hatte, in der sie bohren konnte?"

„Ja, scheint so", brummte Herr Wilms. „Armine hat sich auch oft die Probleme der beiden anhören müssen und nie eine Gegenleistung verlangt, sagt sie."

„Dafür verlangt man doch auch keine Gegenleistung! Deshalb ist es doch Freundschaft!" regte sich Andrea auf. „Wobei es sicher auch nicht schön ist, wenn die beste Freundin einen mit dem eigenen Freund betrügt", überlegte sie.

Herr Wilms nickte: „Stimmt! Aber man muss es nicht mit Mord regeln!" meinte er bestimmt.

Andrea grinste: „Hat sie ja nicht. Es war nur ‚Körperverletzung mit Todesfolge' oder ‚versuchter Mord'. Oder was will der Staatsanwalt daraus machen?"

„Keine Ahnung", murmelte Herr Wilms. „Da habe ich keinen Einfluss mehr drauf."

Epilog

„Samira!"

Neugierig folgte die Katze Andreas Ruf ins Wohnzimmer.

„Guck mal: ich… na ja, ich hoffe du freust dich. Ich wollte mich damit bedanken, dass du mir bei dem Mordfall geholfen hast und besonders, als Frau Densen mich… umbringen wollte."

„Mrreoo!" schnurrte Samira und nahm den hübschen, gepolsterten Korb sofort in Beschlag. ‚Nicht der Rede wert', ließ sie Andrea wissen, die

aber äußerst kritisch beobachtet wurde, als sie den Korb berührte.

„Ja, ist ja gut! Ich fass ihn ja gar nicht an", beugte Andrea jedem möglichen Angriff vor.

Andrea staunte nicht schlecht, als sie abends bei Peters ankam. Über einem riesigen Grill hing ein Spanferkel und wurde drehend gegrillt. Holzgartenstühle standen in der Nähe um einen großen, reich gedeckten Tisch. Die Salate sahen herrlich aus und das Ferkel duftete köstlich. Eva eilte mit Besteck und Getränkeflaschen hin und her. Jo und Herr Wilms bewachten die Drehbewegung des Grills und stärkten sich mit Bier aus Flaschen.

„Maria, jetzt setzt dich hin und ruh dich aus!" schimpfte Jo. „Wenn später was fehlt, kann ich das immer noch holen!"

„Ja, Moment, ich muss nur eben..." Sie verschwand in der Küche.

Andrea bekam noch mit, wie Jo stöhnend die Augen verdrehte, bevor sie die Männer begrüßte.

„Jo, kannst du mir mal helfen?" rief Eva.

Der stöhnte: „Sie ist schwanger, Herrgott! Kann sie nicht mal alles etwas ruhiger angehen lassen? Ja, ich komme", antwortete er seiner Frau.

Andrea kicherte: „Ich guck mal, ob ich ihr helfen kann. Mein Bier ist gerade leer." Sie erntete dankbare Blicke.

Als sie mit einer großen Schüssel in Alufolie gewickelter Kartoffeln wiederkam, wollte Herr Wilms von Jo wissen: „Wem gehört denn der Luxusschlitten? Habt ihr noch jemanden eingeladen?"

Auf Evas Wunsch hin deponierte Andrea die eingepackten Kartoffeln sofort in der Glut. Vom Grill aus konnte sie das Auto nicht sehen, um das es ging. Die Männer hatten sich an den Tisch gesetzt.

„Nee, wir haben nur euch eingeladen", brummte Jo. „Hoh! Wer ist denn das?" staunte er.

„Mann, du bist verheiratet! Bewundere fremde Frauen ein bisschen dezenter", grinste Herr Wilms nicht weniger beeindruckt. Er versuchte seine Bewunderung durch einen großen Schluck aus seiner Bierflasche zu vertuschen.

„Mmh, aber du nicht. Und Maria ist gerade nicht da." Jo sah sich sicherheitshalber noch mal nach seiner Frau um. „Sag schon, Nick: die oder die?"

Andrea wurde neugierig. Dass ihr das eine ‚die' gewidmet war, bezweifelte sie nicht. Ihr war längst aufgegangen, dass sie als neue oder baldige Freundin des Polizeioberkommissars gehandelt wurde. Aber von wem hatte sie jetzt Konkurrenz bekommen? Sie beeilte sich die Kartoffeln in die Glut zu legen, damit sie bald ihre Neugier befriedigen konnte.

Herr Wilms grinste: „Wer sagt, dass ich mich entscheiden muss?"

Andrea lachte auf und fand auch Jos vorwurfsvollen Blick lustig. „Sie sind eingebildet!" warf sie

Herrn Wilms vor. Er sah wirklich gut aus. Dass die Frauen ihm nachliefen, konnte sie sich gut vorstellen.

Der grinste ertappt, korrigierte aber: „Nee, realistisch."

Jo sah ihn warnend an.

„Etwa nicht?" fragte der Polizist Jo.

Der verdrehte die Augen und gab seinem Freund damit Recht.

Andrea lachte. Sie mochte den Polizisten. Und auch, dass sie nun etwas mehr Persönliches von ihm erfuhr. Wie eng die beiden Männer miteinander befreundet waren, dass sie fast wie Brüder waren, hatte sie erst verstanden, als sie sie zusammen gesehen hatte. Wie schlimm es für beide gewesen sein musste, als Jo unter Mordverdacht gestanden hatte, konnte sie sich nicht ausmalen.

„Ich kann Sie beruhigen, Herr Wilms: ich bin für niemanden Konkurrenz. Wegen mir müssen Sie sich nicht entscheiden."

Er lachte.

„Was ist eigentlich mit Susi? – Oh! Sie hat ein Kind", bemerkte Jo. „Dann bräuchtest du dich bei ihr nicht mehr darum kümmern."

Herr Wilms lachte auf: „Das würde ich auch noch hinkriegen. Wenn du das schon schaffst."

„So einfach ist das gar nicht! Ich musste eine ganze Weile mit ihm üben, bevor er das hingekriegt hat", mischte Eva sich ein. Dann fuhr sie ihren Mann halbwegs ernst an: „Joachim Peters, wenn du fremde Frauen so anstarrst, schläfst du auf der Couch, ist das klar?!"

„Mmh, sicher", murmelte er nur.

„Hey, ich mein das ernst", bekräftigte Eva.

„Ja, sicher. Du ruhst dich jetzt aus!"

Eva schrie auf, und als Andrea sich zu ihnen umdrehte, saß sie kichernd auf Jos Schoss. Er küsste sie, aber Eva wehrte sich: „Geht einer von euch mal fragen, was sie will?"

„Mmh, Nick, geh du. Ich muss mich mal um meine Frau kümmern."

„Es ist dein Grundstück", brummte Herr Wilms.

„Aber du hast als Polizist überall was zu sagen."

„Aber ich bin nicht im Dienst..."

„Herrgott! Hast du Angst, dass du Ärger mit deiner Aktuellen kriegst? Wie heißt sie noch? Susi, oder?"

„Ich hab keine..."

„Geht jetzt keiner von euch?" unterbrach Eva ihn provozierend. „Dann geh ich eben fragen! So faul kann man doch gar nicht sein..."

„Bleib sitzen! Ich geh", unterbrach Herr Wilms Eva und drückte sie wieder in Jos Arme.

„Anna!" rief Andrea überglücklich, als sie die Kartoffeln endlich alle untergebracht hatte und die leere Schüssel auf den Tisch stellte. Die drei anderen sahen sie erstaunt an. Andrea lief zu ihrer Freundin. Sie begrüßte Anna mit einer stürmischen Umarmung. Ebenso überschwänglich begrüßte Andrea das Mädchen, dass Anna mitgebracht hatte. Anna war etwas grösser als Andrea, schlank, mit dunklem Haar. Zur Jeans trug sie eine weiße Bluse. Die dunkle Sonnenbrille, die ihr ein distanziertes Erscheinungsbild gab, hatte sie abgenommen. Das Mädchen war Annas Ebenbild, nur sehr viel kleiner. Andrea hob sie hoch, warf sie in die Luft und fing das vergnügt quietschende Mädchen wieder auf.

„Noch maal, Dea", rief sie.

Andrea lachte: „Nein, lieber nicht, Sophie. Ich hab schon ein Bier aus. Das ist mir zu gefährlich. Kommt, ich stell euch die anderen vor."

„Wo ist Fabian? Kommt der noch?" fragte Andrea Anna, als sie alle zusammen am Tisch saßen und Bier oder Saft tranken.

Betroffen sah Anna ihre Freundin an: „Der hat im letzten Moment abgesagt. Irgendwas wäre ihm dazwischen gekommen. Es tut mir leid, Andrea! Ich hab echt nicht damit gerechnet, dass er absagt! Sonst hätte ich... Keine Ahnung..."

Andrea nickte knapp und schwieg. Anna wusste, dass das Enttäuschung bedeutete, wusste es aber nicht zu ändern.

„Andrea, Nick hat gesagt, du willst wieder zurück. Stimmt das?" fragte Eva.

Anna fiel ein: „Stimmt, das hast du gesagt, als... als diese erste Verhaftung war, seine, glaube ich." Sie deutete auf Jo.

„Stimmt", fiel Andrea ein. „Nein, ich denke, ich zieh das Jahr durch. Wenn ihr beide mir das nächste Mal vorwerft, ich hätte euch an das LKA verkauft, hab ich wenigstens noch Marion als Freundin."

Jo und Eva protestierten sofort, das würden sie nie wieder tun. Andrea musste kichern. „Wir haben uns echt dämlich benommen! Auch dir gegenüber, Nick..."

„Von mir aus ist das vergessen", unterbrach Herr Wilms seinen Freund.

Andrea nickte: „Von mir aus auch!"

Jo hob seine Flasche: „Dann: auf gute Freunde und heldenhafte Großstädterinnen! Ihr habt gute Arbeit geleistet!"

„Ja, ihr seid ein gutes Team!" bestätigte Eva und hob ihren Orangensaft.

„Frau Jansen, wir sollten langsam aufhören, uns zu siezen! Erstens werde ich diese Förmlichkeit im Laufe des Abends sowieso in Bier ersäufen – das passiert bei Einladungen von Jo und Eva ganz automatisch, zweitens glaubt mir kein Mensch, dass ich eine hübsche Frau sieze und drittens haben wir einen Mord zusammen gelöst..."

„Nick!" empörte sich Eva über seinen zweiten Grund.

„Nur Körperverletzung mit Todesfolge! Aber ich bin einverstanden! Wie könnte ich mich dem Wunsch der Staatsmacht wiedersetzen? Andrea", stellte sie sich pro Forma vor.

„Uff!" stöhnte Anna.

Herr Wilms stieß mit Andrea an. „Nick."

„Das brauch ich schriftlich! Ihr habt das alle gehört: sie will sich nie wieder der Staatsmacht widersetzen. Das will ich schriftlich, Kleine!"

Andrea grinste Anna an: „Vergiss es! So was geb ich dir nie schriftlich! Du hältst mich für ziemlich einfältig, oder?"

„Was will der denn hier?" murrte Eva. Die anderen folgten ihrem Blick und sahen Herrn Heinrich.

„Wer ist das?" wollte Anna wissen.

„Heinrich, LKA", sagte Andrea.

Nick wollte aufstehen, aber Anna war schneller: „Das mach ich!"

„Anna, mach nicht..."

„Das mach ich", beharrte sie mit beängstigendem Blick. „Hallo. Was kann ich für Sie tun?" begrüßte sie den steifen Mann freundlich.

„Heinrich, LKA. Ich muss Andrea Jansen sprechen! Sofort!" Er hielt Anna seinen Ausweis vor die Nase.

Anna blieb kalt: „Rei, BKA. Frau Jansen ist heute nicht mehr zu sprechen!" gab sie, seinen arroganten Tonfall übernehmend, zurück und hielt ihm ihren Ausweis vor die Augen. Andrea grinste äußerst schadenfroh, als sie sah, wie blass Heinrich wurde.

Neben ihr stöhnte Nick auf: „BKA? Deine Freundin ist beim BKA?"

„Ja!" antwortete Andrea stolz und knapp.

„Was wollen Sie von Frau Jansen?" hörte sie Anna fragen. Sie hatte ihren überheblichen ‚du-bist-schuld,-alles!-Tonfall' gefunden.

„Ich... Sie..." Herr Heinrich stotterte.

Andrea fragte sich wie immer, warum nur die Erwähnung der drei Buchstaben ‚BKA' alle Polizisten erstarren ließ.

„Frau Jansen... Es geht um Beamtenbeleidigung..."

„Frau Jansen hat Sie beleidigt?" Annas Stimme triefte vor Zweifel.

„Wenn LKA ‚LackAffe' heißt, heißt BKA dann ‚BacKAffe'?" kicherte Eva leise.

Andrea musste mitkichern, Jo und Nick verzogen keine Miene.

„Ich... Kann ich einfach kurz mit Frau Jansen sprechen? Bitte?"

Anna überlegte noch, aber Andrea stand auf, um zu den beiden zu gehen. „Hallo Herr Heinrich. Was ist denn los?"

„Hallo Frau Jansen. Ich..." unsicher sah er zu Anna.

Die sah Andrea an: „Ich bleib in der Nähe."

„Frau Jansen, es tut mir sehr leid, dass... dass sie vergiftet worden sind! Ich sehe es ein bisschen als meine Schuld, weil ich Ihnen Ihre Theorie nicht glauben wollte und sie nicht mal überprüft habe. Ich mache mir Vorwürfe deswegen! Aber wer konnte schließlich wissen, dass es zwei Mörderinnen gab? Wie dem auch sei: ich möchte mich in aller Form bei Ihnen entschuldigen!"

„Danke, Herr Heinrich. Ich nehme Ihre Entschuldigung an. Es hätte wirklich niemand wissen können, dass ich gleich... vergiftet werden würde." Es klang immer noch seltsam in Andreas Ohren, das auszusprechen. Sie erwähnte bewusst nicht, dass sie über zwei Mörderinnen nachgedacht hatte. Der hagere Mann lächelte erstaunlich ehrlich und wollte sich verabschieden.

„Und die Beamtenbeleidigung?" wunderte sich Andrea.

„Nein, nein. Das habe ich nur gesagt, weil... Na ja, ich dachte nicht, dass der Vorfall das BKA etwas angeht", wand sich Herr Heinrich.

Andrea lachte innerlich: die Angst um seine Karriere hinderte ihn daran, ein ehrlicher und offener Mann zu sein. Andrea wollte trotzdem das Kriegsbeil begraben: „Herzlichen Glückwunsch zu dem aufgeklärten Mord!"

„Oh, ja... Danke", stotterte er überrascht und verabschiedete sich dann schnell.

Verwundert sah Andrea ihm nach. Sie hatte jetzt fast etwas wie: ‚Danke, gleichfalls', oder ‚Sie waren aber auch nicht schlecht' erwartet. Aber das schien wohl nicht zu seinem Repertoire zu gehören.

Trotzdem sehr zufrieden ließ Andrea sich auf ihren Stuhl fallen. Sie dankte Jo freudig für ihren

Teller, auf den er ein Stück des Spanferkels und in Alufolie gewickelte Kartoffeln gelegt hatte.

Nick erklärte: „Ich habe noch nie einen BKA-Ausweis gesehen. LKA begegnet einem öfter. Aber BKA..."

„Ist auch nichts Besonderes", winkte Anna ab. „Willst du sehen?"

„Ja, gerne. Jetzt weiß ich endlich, wie sie so schnell an ihre Informationen kommt", grinste Nick und wies auf Andrea.

Als die dreijährige Sophie satt war, begann sie, auf dem Stuhl umher zu rutschen.

„Nana, pielen?"

„Kann sie hier irgendwas anstellen?" wollte Anna von Eva wissen.

„Mmh, nein. Wenn sie auf dem Hof bleibt, kann nichts passieren. – Sie ist toll!" seufzte Eva und sah dem Mädchen nach. „Ich will auch so eine! – Jo! Ich will auch so eine", verlangte sie.

Ihr Mann sah sie an, als hätte sie ihn gebeten, ‚Halleluja' zu singen. „Mach erst mal den da fertig, dann sehen wir weiter", grummelte der Hüne und deutete auf Evas Bauch.

„Hast du was Besonderes gemacht? Sie ist so aufgeweckt." fragte Eva Anna.

Andrea verstand schneller als Anna und grinste: „Sie hat ein Glas saure Heringe am Tag gegessen..."

Anna musste lachen: „Sophie ist nicht meine Tochter. Sie ist meine Schwester."

„Deine..." Eva verstummte.

„Ja. Keine Ahnung, warum Mama mit 52 noch mal schwanger werden musste, aber... Sophie ist halt da. Aber meine Eltern sind zu alt, um sich um sie zu kümmern. Jetzt teile ich mir die Erziehung mit meiner Schwester und meinem Bruder. Meistens ist sie bei mir. Deshalb kann ich Andrea auch nicht so einfach besuchen kommen. Sophie, nicht weglaufen! Komm langsam her. Tut der Hund ihr was?"

„Nein, der ist ganz ruhig", beruhigte Eva. Aber Sophie war der große Deutsch-Langhaar-Rüde unheimlich. Vorsichtig kam sie zu Anna zurück.

„Chet, bei Fuß", kommandierte Jo und der Hund gehorchte. Schwanzwedelnd begrüßte er sein Herrchen und dessen Gäste.

„Sollen wir beide mal das Badezimmer suchen?" fragte Anna Sophie.

„Deh ruhich. Du tanzt das ja schon alleine", meinte Sophie fürsorglich.

Anna sah die Kleine perplex an. Dann fiel sie in das Lachen der anderen ein.

„Doch, wir gehen jetzt", bestimmte Anna.

Sophie lief kichernd weg: „Fang mich doch!"

Anna hielt sich stöhnend den Bauch: „Das geht jetzt nicht", murmelte sie. Dann zog sie, einem plötzlichen Einfall folgend, einen Zettel aus ihrer

Handtasche, schrieb etwas darauf und reichte ihn Nick: „Hier, bitte. Es ist dringend!"

Nick sah sie erstaunt an: „Was ist das?"

„Ein Haftbefehl. Für Sophie Rei. Es ist dringend, Herr Polizeioberkommissar!"

„Das ist nicht dein Ernst?" stöhnte Nick.

„Doch, mein voller Ernst! Was soll ich mit vollem Bauch dem Kind hinterher laufen, wenn ich es delegieren kann?"

„Du schleppst einen Haftbefehl mit dir rum?" wunderte Andrea sich.

„Ach, das ist nur der Entwurf für ein neues Formular. Wir sollen uns Gedanken darüber machen... Bla, bla! Was ist jetzt, Herr Oberkommissar? Sie läuft immer noch frei rum!" trieb Anna Nick an.

„Komm, ich helf' dir", brummte Jo.

Wenig später hatten die beiden großen Männer nicht weniger Spaß am Fangen-spielen als das kleine Mädchen. Kichernd, quietschend und krähend entwischte Sophie Jo und Nick immer wieder, die mehr Spaß daran hatten, die Kleine entwischen zu lassen, als sie zu fangen.

„Er wird ein guter Vater", meinte Anna nach einer Weile.

Eva nickte: „Werden sie beide! Aber Nick fehlt noch die richtige Frau."

Nachdem sie den Tisch abgeräumt hatten, saßen sie um das Feuer herum und unterhielten sich. Eva hatte Sophie Kakao gemacht. Anna erzählte, dass sie sich etwas genauer nach Mutterkorn erkundigt hatte. Sie hatte herausgefunden, dass verschiedene Studien die beinah ständige Mutterkornvergiftung der Unterschicht im Mittelalter mit der Hexenverfolgung und anderen Massenhysterien in Verbindung brachten. Manche Historiker sahen sogar die Wahnvorstellungen einer Mutterkornvergiftung als Indikator für die Französische Revolution. Als ‚Antonius Feuer' begriff die christliche Kirche im Mittelalter die Vergiftung durch Mutterkorn als Reinigung der Menschen von ihren Sünden. Der heilige Antonius hatte sich um die kranken Menschen gekümmert und der Krankheit ihren Namen gegeben.

Ein Blitz, der über den Himmel zuckte, unterbrach Anna.

„Endlich", seufzte Andrea.

„Ist aber noch weit weg", brummte Jo.

„Wird aber Zeit", murmelte Nick.

Sophie fing an zu weinen. „Nana, niss Dewitta! Niss Dewitta", jammerte sie.

Anna wollte sie auf den Schoss heben und sie beruhigen, aber als Sophie Nick sah, lief sie zu ihm und versteckt sich unter seinem Arm: „Niss Dewitta, Nitt!" bettelte sie.

„Die hat sich aber schnell verliebt", murmelte Anna.

Jo grinste: „Wär ja auch was ganz neues, wenn die Frauen ihm nicht sofort verfallen! Er ist nun mal der Inbegriff des beschützenden Weib... Frauenhelden."

Nick grinste Jo breit an und hob das jammernde Mädchen auf seinen Schoss: „Du bist nur eifersüchtig, weil sie zu mir gekommen ist!"

„Nick, du schläfst doch hier, oder?" Mit diesen Worten drückte Jo Nick eine weitere, geöffnete Flasche Bier in die Hand.

„Ja, hatte ich gedacht", wunderte sich Nick. „Fahren kann ich nicht mehr."

„Kann ja sein, dass du dich von der Polizei abholen lässt. Schlaft ihr beide auch hier?" wandte Jo sich an Andrea und Anna.

„Ja, sicher tun sie das, Schatz. Das ist doch schon alles geregelt. Nick schläft im Wohnzimmer, Anna, Sophie und Andrea schlafen im Gästezimmer", belehrte Eva ihren Mann. „Ich hab sogar schon die Betten bezogen. Ey!" beschwerte sie sich, als sie sah, wie Jo die Worte ‚bla, bla, bla' andeutete.

Grinsend zog er sie auf seinen Schoss: „Ich bewundere ja nur, dass du mal wieder an alles gedacht hast."

„Ah, Nick, bringst du morgen Brötchen mit? Du gehst doch bestimmt Laufen?" fragte Eva.

„Mmh. Kommt drauf an, wieviel Bier ihr heute für mich habt."

Jo grinste: „Dann gib mal sofort die Flasche da her!"

„Nee, trink so viel Bier, wie du willst. Und wenn du ausschläfst, fahr ich Brötchen holen", sagte Eva fröhlich.

Andrea hatte erstaunt zugehört. Jetzt fragte sie: „Du gehst Laufen? Wie weit?"

Er zuckte mit den Schultern. „Je nachdem... 20 – 30 km."

„Wow!"

„In welcher Zeit?" fragte Anna neugierig.

„Stunde", schätzte Nick einfach.

Anna und Andrea blieben sprachlos.

„Kommst du morgen mit?" feixte Nick an Anna gewandt.

Anna lachte auf. Sie schüttelte den Kopf: „Im Leben nicht! Nach der Hälfte bin ich tot! Das ist ja nicht Joggen, das... das ist Flucht!"

Nick lachte nur.

Als das Gewitter näher gekommen war, waren sie ins Wohnzimmer umgezogen. Jetzt prasselte draußen der kühlende, reinigende Regen auf den überhitzten Boden. Sophie schlief fest auf Nicks Schoss. Und Andrea hatte genug Bier getrunken, um ihrer Enttäuschung über Fabian Luft zu machen: „Wann hat mein Freund eigentlich seinen Beruf geheiratet?" wollte sie von Anna wissen. „Ich war noch nicht mal zur Hochzeit eingeladen."